# 33 天的爱情魔法

*Love Magic*

陶思璇 著

北京师范大学出版集团
BEIJING NORMAL UNIVERSITY PUBLISHING GROUP
北京师范大学出版社

**图书在版编目（CIP）数据**

33天的爱情魔法／陶思璇著. —北京：北京师范大学出版社，2012.2
ISBN 978-7-303-09315-1

Ⅰ. ①3… Ⅱ. ①陶… Ⅲ. ①长篇小说－中国－当代 Ⅳ. ①I247.5

中国版本图书馆CIP数据核字（2012）第013042号

营销中心电话　010–58802181　58808006
北师大出版社高等教育分社网　http://gaojiao.bnup.com.cn
电子信箱　beishida168@126.com
SANSHISANTIAN DE AIQING MOFA

出版发行：北京师范大学出版社　www.bnup.com.cn
　　　　　北京新街口外大街19号
　　　　　邮政编码：100875
印　　刷：北京盛通印刷股份有限公司
经　　销：全国新华书店
开　　本：150 mm × 200 mm
印　　张：12.25
字　　数：168 千字
版　　次：2012 年 2 月第 1 版
印　　次：2012 年 2 月第 1 次印刷
定　　价：35.00元

策划编辑：谢雯萍　　　　　责任编辑：谢雯萍
美术编辑：毛　佳　　　　　装帧设计：锋　尚
责任校对：李　菡　　　　　责任印制：李　啸

# 心灵不仅仅只是需要鸡汤

香港卫视副总裁、执行台长　杨锦麟

　　辗转收到自称是心理师，身心灵修行者陶思璇的来信和书稿，希望我能为她的新著写一段文字，也就是序言。

　　坦白说，还真有点为难，尽管作者作为一位学有心得的心理师，女性特有的细腻婉约而流畅的笔触，让人能从字里行间嗅到生命能量释放的清新，但我还真的是有点为难。

　　一是我和作者素昧平生，但居间引荐的是原陕西电视台主持人，现上海电视台节目主持人李蕾，也算是我的忘年交和电视同行，我信任李蕾，自然也信任她不遗余力引荐的人。二是作者自我介绍她从2010年起，在内地参与了二十多个电视台节目的录制和参与工作，主要以心理专家、情感专家的身份作为常驻嘉宾。我对情感和心理一无所知，也因此对情感专家和心理专家有一种天生的敬畏，很多人一窍不通的领域，居然也有专家可以指点江山，激扬文字，拯救灵魂与情感于解体和崩溃边缘，也是功德无量的善心善举，不能不让我肃然起敬。

　　现代社会，尤其是人心浮躁，功利主义甚嚣尘上，或金钱挂帅，或唯利是图，或人情冷漠，或尔虞我诈，或明争暗斗，或办公室政治钩心斗角，或夫妻关系貌合神离，或热家暴，或冷暴力，道德伦理濒临崩溃，社会价值体系紊乱无序，情感世界难觅真心真情，心理患疾似乎比比皆是。人们急需的不再只是简单的"心灵鸡汤"，最令人沮丧的是，政治治理者和权力系统特地制定的道德规范，因为以身作则者寡，明知故犯者众，不仅无法和民间话语体系接轨，也无法耳熟能详成为一般民众的行为规范。政治说教欠缺可信度和说服力，至少枯燥无比的政治说教已难以解决当下社会道德稀缺，伦理解构，价值观紊乱的当务之急。

灵修课程及以家庭治疗为主，这样的自我介绍让我眼睛一亮，原来大千世界还有这等职业，这般行当，而且还能够借助电视媒体将自己的身心灵修心得体会和更多人分享，这可比我当年在大学当班主任，搞思想工作，貌似"循循善诱"要有效得多，人性化得多，针对性也强得多。肃然起敬看来是有根据有理由的。

陶思璇说，她自己也做过一些心灵成长课程，效果不错，所有的学员都有不同程度的改变，这是她最开心的时刻。

陶思璇也自称其专业特长能让人有不同程度的改变，也能做更进一步的情感疗伤，尤其是鼓励心理自助，"解铃还须系铃人"，她的专业，虽然暂时还无法热门，但肯定是这个社会当下和未来可以热门的行业。毕竟，这个行当可以创造玫瑰色的爱情能量，而环顾四周，又有哪个行业是可以创造玫瑰色的爱情能量的呢？这不免让人有一点点怦然心动，也有希望尽早读完这部书稿的好奇心。

在读到书稿第三篇"从手印通往宇宙中心——1月11日"，我微笑了，这一天是我一位很熟悉的媒体朋友的生日，这一章节有段文字是这样写的：

成熟男人的思维方式：重结果，重内在本质，而非表面形式。

女性能量的复苏让她的身体、表情、语言、音调都开始像花一样地温柔绽放，散发着淡淡的优雅的清香，让他心旷神怡。

恰当的距离能产生美，过远或过近都会产生破坏力。人对熟悉的东西总会有一些特别的情愫，更容易产生依赖和依恋，不管对人还是对事，大抵都是如此。

我不知道手印和灵修究竟是否属于宗教的范畴和意义，但如果爱情能量是可以呈现玫瑰色的，女性的能量是可以被启发和发掘的，而且具有正相解读的积极意义，那又是多么令人向往的情感境界。

如果这样，这本书也就有它面世惠及于社会大众的价值了。

坊间有很多心灵鸡汤的书籍，煞有介事地告诉你很多做人的道理，但天底下最复杂的就是情感和心理，漫不经心地来两罐鸡汤就能抚慰情感和心灵世界的创痛，至少我一直是持怀疑的态度。

陶思璇的书，能不能让人有新的雀跃和欢欣呢？

不妨暂时停下急速行走的脚步，放下焦躁浮动的心，深深吸一口气，泡一杯清茶，焚一炷檀香，揭开第一张书页，静静地读完这本书稿，我们再来分享各自的心得。

是为序。

# 天不从人愿

央视主持人　张绍刚

陶思璇真是一个让人不知从何说起的女老师。

最早认识根本就没见过面，在中央电视台法制频道主持《大家看法》的时候，一次连线，听到对方细细密密的声音，对困惑中男女的分析井井有条，虽未谋面，但是熨贴得很。再见就是《非你莫属》了，被请来做心理分析和建议老师，才发觉，原来在需要的时候，这个女的也可以言辞犀利得紧。

再往后，知道陶老师原来是这样地矛盾着：看到什么真想说，但是有时候又碍于情面，不是不知道自己出口以后会伤人，所以选择吞吞吐吐，她着急，把等着听的一干人等如我更是急得抓耳挠腮。原来也是个想要把刀剑裹在棉花里的，只是一时间找不到合适的包裹，别人不见得怎样，反是把自己弄得面红耳赤。我会怨她不够直接，她会无辜地小声辩解"真不知道怎么说，你懂的"，瞬间小女人的纤细尽显。

看到这本书的时候，知道陶老师还是真的适合静下心来写作，慢点，缓缓地，像是讲故事，其实更多的是在跟好多人分享原来那么简单但是就是做不到的道理。

无论是情绪还是情感，我们多相信天从人愿，上天听从了我们夜深人静的恳求和祈祷，从此家里老老少少身体健康，不再为人事倾轧斗争，不再伤心失眠，不再患得患失起起落落，人生从此大为改观。换句话说，大家都不用再盼望什么，因为所有的盼望都已经天从人愿，但是真的到了那个时候，会不会让人连获得的过程都快乐不起来和享受不到？就在此时此刻，生活虽然各有各的艰苦，每个人的不如意之事何止十之八九，但是至少，每每情况稍有改观，就像得到巨大的惊喜，得到一点点，又跟捡到金元宝一样的兴奋。我们的快乐不就是这么一点一点来的吗？

任何的事情都有可能发生，因为老天不是为我们打工的，真的不会天从人愿。小到出门摔跤、结束初恋，大到查出癌症、心肌猝死，都在天天发生日日上演，不稀奇的。所以太过天真的，一旦失败来敲门的时候，先是吓得半死，随后在震惊之余反应过激，大多数会失去理智，大吵大闹，痛哭流涕，恨所有想恨的，鄙薄一切想鄙薄的，于是最后连自尊也一起赔上。

无论哪种竞技场都好比马戏班，什么都有：会飞的大象、长胡子的美人、小侏儒、空中飞人，林林总总，环境恶劣。十全十美的环境才有作为、才恋爱成功、才心思淡定？一辈子也别想，世界不是那样运作的。谁家没有生病的老人、难管教的孩子、阴险的亲戚、无处不在的消费，加上想都想不到的啰里八嗦，如果都能天从人愿，地球早就停转了。

从来都不是你想着、付出着、努力着就可以得到，最大的可能性是，付出良多，一无所获，所以我们会更加珍惜手头的所有和一时好运得来的无论什么。

陶老师在故事中的娓娓道来，就是想说，当天不从人愿的时候，你可能可以想些什么。

# 自序

## 创造玫瑰色的爱情能量

**每个人都在创造着属于自己的能量场，每个人都可能创造出更美更炫的能量场，让自己的人生变成一篇华彩乐章。**

### 1. 转念就是幸福

M是我相交11年的老朋友，在我们都还年轻时她已经名噪一时，是国内最年轻的女性主义学者，让她备受媒体关注的除了她的学识见解之外，还有她个人的传奇爱情经历。

转眼一年一年地过去，M虽不像我的其他闺蜜那样经常见面，但每一次联系无论间隔多久都依然亲切如故，彼此都会毫无保留地讲述各自的生活近况，而她每一次都会告诉我她的新情感经历。

和其他女性朋友一样，M太聪明，也太挑剔，让那些试图追求她、和她交往的男人们无处遁形。"遇人不淑"是M频繁使用的一个词，她甚至决定要独身，说实在没什么信心再去期待爱情、期待遇到一个好男人。

M的故事在去年春天开始转折。

去年春天，M被查患了肿瘤，遍访名医却始终看不到什么好转。我把一位很棒的中医介绍给她，同时又给她介绍了我的一位老师，让她参加那位老师的灵修课程学习。起初M只是好奇，或者更准确地说是本着死马当成活马医的想法联系了我的那位老师并且去上了一次他的灵修课程，不曾想那一去就让她爱上了冥想静心，从此开始经常打坐静心，时常做一些能量练习，变化由此开始：首先是"遇人不淑"这个词从M的语言里完全消失，然后就是越来越少消极否定的语言，取而代之的是如何静心、安然接受的生活态度。

如果说**语言是我们的心灵风向标，行动则是心灵法则的具体体现**。去年冬天，一个偶然的机会M遇到她现在的未婚夫，一位英国绅士，非常出色的物理学家，完全是M原来一直期待的那种类型，而他们的相处也给M带来了许多奇妙的感受，她现在正在写一部长篇小说，故事原型就是她和这位英国绅士的爱情。M说，她从不知道两个人可以相处得如此松弛自然，任何问题都可以很自然地坦诚交流，即使是她认为会很尴尬的许多隐私话题，他也可以和她自然交谈。在这个关系里，她第一次真真切切地感受到一种全然的信任和交融。

"你会知道，无论你的生活中遇到什么、发生什么，这个人始终都会和你在一起，你们会一起共同承担、共同面对，而且他会接受你任何的状态，这种感觉太棒了，特别放松也特别自由，你会觉得整个世界都是你们的，无论未来会发生什么你都不会再有任何恐惧。"M这样描述她现在的生活和爱情。

一个转念，人生从此不同。

## *2. 信念创造事实：一个真实的故事*

昨天晚上，我的好朋友、著名主持人L打电话给我，像平时一样用快乐的声音问我近况如何。我直接问她是否失恋了，简单一句话让L在电话那端优雅尽失，开始痛诉自己的又一幕爱情惨剧。

"你相信爱情吗？"我问她。

"我当然相信！"为了证明自己真的相信爱情，L开始仔仔细细地告诉我她对那个男人怎样的信任、那个男人又是怎样一次又一次地欺骗她，而每一次被她抓到证据的起因又都是怎样的偶然。

"我所有的朋友都说我实在太傻了，就是因为我太傻了才会相信他，我都准备跟他结婚了！"L理直气壮地说。

和我所遇到的很多女性朋友一样，L相信自己一直都在热切渴望着邂逅真爱，认为自己一直都相信爱情、期待婚姻，只是自己运气不好，总是遇人不淑，一直都遇不到那个让她心动的好男人、那个专属于她的Mr.Right，包括这次。

而且L一直坚信她是一个爱自己的女人，不仅从理论上了解什么才是真正的爱自己，还能够在现实生活中很真实地去体现。事实上，我也很少见到像L那样单纯快乐的女孩子，在很长的一段时间里我都以为她活得很健康，直到她开始讲她的爱情故事，我才蓦然惊醒：原来以上种种都是我对她的诸多误解，也是她对自己的误解，所有那些所谓相信其实都只是那该死的愚蠢的大脑的认知。在她的深层潜意识里，那个真正主宰我们命运的运作机构另有他解。L也像其他很多女性一样，从来都没有真正相信过自己是值得被爱的，更不相信自己值得一个优秀的、出色的、完美的好男人来爱。

当我把这个想法告诉L时，她被吓呆了，告诉我她觉得胸口弥漫着剧烈的疼痛，持久不散，痛得她几乎喘不上气。

胸口的疼痛通常意味着非常早期的创伤经验，多半和母亲有关。我让L告诉我她和母亲之间的故事，L能够谈及的都是和母亲之间的亲情，全然没有创痛经验，这样的完美反而让我更加怀疑那个创伤的深入和早期。

我给L讲我在意大利所看到的那些爱，老师、同学之间那种纯粹清澈的亲密关系，L忍不住打断我大声地说："可我怎么就遇不到呢？哪儿有你说的那种好男人、哪儿有你说的那种爱啊，即使有我也遇不到，我就没那命！"

喏，这些话才是L潜意识里的爱情认知，正是这样的深层潜意识爱情认知，决定并创造了她屡屡受挫的那一幕幕爱情悲剧，并且悲剧将继续循环上演，直到她彻底醒悟并愿意开始去清理那些陈旧淤泥。

## 3. 关于能量

现在，请你暂时合上书，闭上眼睛，去想一件愉悦的事，或是一个让你心动的人，想象你已经拥有你想要的美好生活，仔细观察你的身体和你的内心，看看你的身体有哪些美妙感受，你的心情怎么样，你能感受到一种怎样的能量？你是否会觉得身体开始轻盈起来，内心有一些喜悦在生长？你是否感觉到自己非常有力量，似乎无所不能？你是否觉得踏实，有一种双脚牢牢站在土地上的真实感？你还有哪些美妙体验，我需要你来为自己继续作出补充。

是的，这就是正向能量所能带给我们的美妙体验。

我相信你一定看过磁石吸引铁屑的实验，隔着一段距离空间，当磁石出现时，那些铁屑不由自主地纷纷向磁石飞扑过去，牢牢地黏着在磁石上，很难剥离。这就是能量。

我还相信你一定经历过这样的爱情：表面上看起来他/她一切都好，对你似乎也很好，该做的他/她都为你做了，可是你的心里就是觉得不踏实，就是觉得这一切都像是飘在半空中的云，随时都会消散。不管他/她现在对你多么好，你的心底始终有那么一丝犹豫、担心、困惑……然后有一天，伤心的事终于出现。

这就是吸引，能量的吸引，你内心深处的那些担心、犹豫、困惑创了那个你大脑不想要但你内心一直在重复思考的问题出现。

**大脑是心灵的仆人**，但我们从小就被教育一切以大脑为准，我们的教育认为大脑才是真正的主人，我们就这样在教育中离我们的心越来越远，困扰也因此而越来越多，因为大脑所接受的都是他人的经验，而非我们自己去经历。

当你想要避免恐惧时，不断地对自己说"别担心"对自己并无助益，这是一个无效工作。像鸵鸟一样把头埋进沙子里，不会让危险消失，只会让自己受到更大的伤害。唯一的方法是把自己的能量调整到更好的频次，当你专注在更好的事情上，散发更多的正向能量，你就会成为一个光与爱的创造者，光与爱的磁石，那些你一直向往的温暖、信任、支持的爱就会像那些铁屑一样飞扑而来。

**每个人都在创造着属于自己的能量场，每个人都可能创造出更美更炫的能量场，让自己的人生变成一篇华彩乐章。**

33天的心灵作业，33天的爱之旅，改变的不只是你的爱情能量，还有生命之光。来吧，和我一起创造玫瑰色的爱情能量，让我们的生命之光在天地间自由闪耀，让我们的心灵自由飞翔，心想事成，并不只是一个名词，它可以真真实实地体现在你的现实生活中，不管是你的事业还是爱情。深深的祝福！

## 4. 我的感谢

非常感谢北京师范大学出版社的谢雯萍女士，她的盛情相邀和耐心等待让我非常感动，促使我和她一起共同努力，完成这本书的写作。如果没有她的宽容、耐心，没有她的细心编辑热心推动，这本书想要问世不知道还要再等多久。

感谢宁波象山大型活动办公室的钱江先生，向我推荐了一个非常好的地方——宁波象山松兰山景区，三面环海，除了林涛就是海涛，非常安静，让我可以全心全意投入到写作中，从大自然里汲取灵感。

感谢陶氏英合咨询机构的全体同事：陶亚冬先生、谭鹏飞先生、唐圣林小姐、沈优优小姐、李蓓月小姐等，如果没有他们的配合，我也无法为自己安排时间专心写作。

感谢"陶瓷"廖莹小姐，她帮我分担了很多琐碎的具体工作，例如资料的整理，让我可以有相对完整的时间专心工作。

感谢徐青林老师对我的支持，经常和我一起讨论案例，分享彼此的学习收获，共同完成许多练习，为我的写作提供了很多直接经验。

感谢我的室友CiCi，除了经常给我讲她周围的朋友们的故事，还帮我分担了一些家务，让我有更多的时间去探索试验新的方法、新的练习，为写作积累更多的素材。

感谢我的父亲、母亲、哥哥、嫂子、侄女，感谢他们让我拥有一个美好的大家庭，一起分享彼此的快乐，共同分担彼此的痛苦和烦恼，让我可以一直拥有并感受到爱的联结，如果没有来自这个大家庭的爱的温暖与支持，我无法在心灵成长的道路上走到现在。谢谢你们!

感谢所有支持我的朋友，熟悉的和不熟悉的，感谢所有邀请我一起工作的朋友们，经常合作的，以及不常合作的，是你们丰富了我的生活，给我带来各种各样的情感资源，我所有的写作都离不开你们的参与和分享，谢谢你们!

最后我要对自己说一句"感谢"，这段时间每天都要写数千字，着实不是件容易的事。虽然已经用了很长很长很长的时间打腹稿、做准备，可每天的工作量还是让我感受到很大的压力，特别是被"卡"住的那些黑暗。感谢我自己一直坚持着，走完了这段奇妙的人生历程。

这本书特别写给特别的你，但同时也写给我自己。在写每一个练习的过程中，都如同又做了一次练习，所以，我还要再次诚恳地谢谢你，亲爱的读者，是你的存在和需求、信任和支持，给了我这个美丽的机会经历这样一段奇妙的经历，谢谢你。

送上我最深切的爱与祝福，给你。

陶思璇

2011年12月14日

于宁波，象山，松兰山海景大酒店

目录
*Contents*

### ❧ 第二篇 ❧  开启内在智慧通道

## ❦ 第三篇 ❧　与内在小孩共同成长

## 黎明前是最黑暗的夜

在飞往罗马的航班上，美源一直在看电影，最新上映的影片和欧洲文艺片。不记得看了多少部电影，其中的一些美源甚至不记得故事情节，但她清晰地记得那一个片刻，当小小的屏幕上闪过一张熟悉的面孔，那个镜头最多不过10秒钟，一个彬彬有礼的侍应生，甲乙丙丁中的一位，在一连串的场景片断里一闪而过，那闪过的片刻却让美源的心被刺得生疼，痛彻入骨。

那张脸像极了陈诺，一个让美源怎么忘也忘不掉的法国男人。

确切地说，陈诺是一个多国混血：父亲是法国人，母亲是意大利人，爷爷是以色列人，奶奶是法国人，外公是意大利人，外婆是西班牙人。再往上追溯家族里还有德国、丹麦的遗传因子。多国混血的结果就是陈诺帅得不像话，而且多才多艺，极富文艺气息又贵若王子，气质高贵，举止言谈儒雅淡然，无论他有多低调，都始终会是男人女人们注目的焦点。

美源和陈诺的交往断断续续维持了8年，最后彻底分手，美源不想进入婚姻，只想和陈诺维持恋爱关系，并且是分居状态，陈诺则很清楚自己如果爱了就要和对方以婚姻的方式长相厮守，并且一定要同居。

分手是美源提出来的，准确地说是美源做出来的。当陈诺开始对她流露出朝夕相伴的渴望、并且询问她是否想过和他结婚生子、是否愿意和他结婚生子的问题时，美源呵呵一笑很轻松地快速以工作为由转换了话题，随后接二连三地以工作为由拒绝和陈诺再见面，电话里也是客气而疏远的态度，她希望能够通过这样的方法让陈诺对于婚姻的渴望冷却下来，退回到原来的关系状态：心意相通，有美妙的性爱，却并不生活在一起。

陈诺对于婚姻的渴望如美源所期待的那样快速冷却，同时冷却的还有对美源的爱。这一点出乎美源的意料，她原以为不要婚姻、不要对方对自己承担任何生活责任会让陈诺像她周围的那些男人们一样欣喜若狂，以为陈诺会很高兴有这样的一段关系，万万没想到陈诺竟然会选择彻底放弃。

美源接到陈诺的最后一个电话是在半年之后，随后的几个月里陈诺就好像人间蒸发了一样从美源的生活里彻底消失。起初美源暗自松了口气，觉得关于婚姻的讨论终于结案，自己和陈诺可以重新开始那种让美源爱不释手的关系状态：只谈恋爱，不谈婚姻，各自都有各自的工作、生活，互不干涉。完全冰冻的3个月后，美源突然意识到陈诺正在熄灭的也许不仅仅是对婚姻的渴望。

美源第一次主动打电话给陈诺，陈诺很快接起了电话，电话里的声音就像他刚刚遇到美源时那样彬彬有礼，甚至比那个时候还要客气，正如之前美源对他的态度那样：客气而疏远。不，是比美源对他更加客气也更加疏远。美源以为他是在闹情绪，随后又给他打过几次电话甚至主动提出约会，陈诺以工作、和家人团聚、回国度假为由一次又一次婉言拒绝，美源这才意识到这一次可能她真的要失去陈诺了。

新年过后，陈诺主动打来电话约美源见面，在美源的住处，陈诺像客人一样坐在客厅沙发上，有些拘谨局促，美源意识到他是来告别的。

美源要去给陈诺煮咖啡，陈诺伸手拦住了她，看着她的眼睛，柔软却很坚定地说："对不起，我爱上了别人，我们准备7月份结婚，我会为你祝福，希望你早日遇到你愿意嫁的那个男人。"

美源心里充满了不舍，她看着他说："我们可以做朋友。"

陈诺像被什么刺了一下，沉默片刻，摇摇头，说："不，不能。我知道自己如果和你继续交往会是什么结果。我想做一个好丈夫，将来做个好父亲。你知道，**如果夫妻中有人背叛婚姻，孩子会从他们的关系中感觉到，孩子会从父母的身上学习到对亲密关系的不信任**。我希望我的孩子从我身上学习到爱和信任。"

陈诺的话如一记重锤狠狠砸在了美源的心上，她很想留住这个男人，可她又不愿意和这个男人结婚，更糟糕的是，她完全无法解释自己为什么不愿意和他结婚，她给自己的解释是，她非常非常喜欢他，但她不爱他。既然不爱，当然应该为他的新爱祝福，没理由自己不爱还要勉强留住这个人，让人家无法获得自己想要的幸福。

美源和陈诺彼此祝福着友好分手，从此再无任何联系。

从陈诺提出结婚议题到两人友好分手，前后历时一年，前6个月是美源疏远陈诺，随后陈诺消失了3个月，最后3个月是陈诺婉拒邢美源。只是，陈诺从此住进了美源的心里，并且像种子一样开始生长，对他的思念像春天的藤蔓一样在美源的心底悄然疯长。渐渐地，美源开始隐约感受到一种痛，她以为这不过是自己不愿意被放弃的习惯性反抗，所以并不介意，她以为随着时间的流逝，这种痛会渐渐消失，很多时候她确实完全忘记了这种痛的存在，完全忘记了陈诺这个人，就好像她的生命中从来没有出现过这样一个人，可是每次当她遇到和陈诺有些相像的面孔、眼神、身姿、风度、甚至是他们曾经一起去过的咖啡吧、他们曾经一起走过的街道，就像刚才在电影里看到那张一闪即过的熟悉面孔，这种痛就会立刻席卷而来，迅速在她的身体里蔓延，连1/1000秒的时间都不用即可把她彻底淹没。

痛并没有像她最初所想象的那样渐渐消失，反而越来越强烈。

美源渐渐看到了一些事实真相，真相是她并非不爱陈诺，而是深爱，陈诺已经和她的生命完全彻底地融合在一起。

与此同时，她还看到了另外一个让她不寒而栗的事实，那就是她邢美源并不是真的拒绝婚姻，而是害怕，害怕自己做不好妻子的角色让陈诺失望，也害怕自己会对现实生活中的陈诺感到失望，害怕现实会毁掉她和陈诺的美妙爱情，所以她宁愿选择放弃。陈诺对于婚姻的认真与负责，让她更加清楚地看到他才是一个成熟的男人，而且是一个绝对百分百的好男人，是她邢美源口口声声非此不嫁的那类好男人，可她却在这样一个好男人面前选择了放弃。

美源很后悔自己的行为，她想反悔想再去找到陈诺重新开始，但她并没有真的开始行动，因为她很清楚地看到，即使是现在，和陈诺分手的2年后，她依然没有信心和陈诺共同走进婚姻，虽然有些时候她也会想也许应该试试和陈诺走入婚姻，可那只是一个清风样的念头，而恐惧才是结结实实客观存在的巨大现实。

　　"为什么我会那么恐惧婚姻？我到底在哪里出了问题？"这个最近2年一直纠缠着美源阴魂不散的问题，把美源再次拖进无边无际的痛苦里无法自拔，绝望如潮水般席卷而来，瞬间就吞没了小小的软弱无力的邢美源。

第一篇

# 发现自己的内在小孩

# 1. 春天：万物复苏生发的
## 季节——启动

　　许久以来一直层层包裹着她、束得着她的那个厚重坚硬的外壳在她一次又一次的"打扰"中分崩瓦解成碎片层层跌落。

"邢美源！"一声大吼震得美源从头到脚整个身体都哆嗦了一下，她立刻从绝望的黑洞里返回人间。她看到同事兼好友刘丽莎写满问号的俊俏的脸，那些问号后面是堆积如山的愤怒。

"喂，你到底怎么了？怎么每次看到你总是失魂落魄的，丢了魂儿似的，你到底要不要紧?！"看到美源清醒过来，刘丽莎很不高兴地问，语气里有一些掩饰不住的担心。

"啊，没事儿，太累了，歇两天就好了。"美源说。

"那你干脆回去吧，你这个状态也没法儿继续工作，耗着也没什么好结果。正好晚上我老公有两个朋友要来，我也刚好有时间去买东西提前准备，你就好好睡一觉，咱们明天再做方案，M那边约的是后天下午开会讨论，来得及，你说呢？"刘丽莎征询美源的意见。

"好。那就明天见。"美源说。

"你确定你没事儿？"锁好办公室大门，刘丽莎又不放心地追问了一句，满脸担心。

美源笑了，心底生起一片温暖，很肯定地说："没事儿，你放心吧，保证明天让你看到一个活生生的完整的人。"

刘丽莎也忍不住笑了，和美源拥抱道别。

看着刘丽莎渐渐远去的背影，绝望如黑影一样再一次悄悄涨潮，向美源弥漫过来。美源禁不住打了个寒战，浑身像堕入冰窖一样透心的寒凉。已经是春天了，美源依然在继续使用厚厚的羊绒披肩，和周围的人明显相差了一个季节，即使这样她还是觉得透心彻骨的寒。她用外套裹紧整个身体，快速向酒店的方向走去。

"嗨。"一个温暖的声音从身后传来，不知道为什么，那个声音让美源的鼻子酸了一下，想流泪的感觉，无限的信任。她转过身向后面看去，却并没有看到任何人，只看到远处有一点晕黄的灯光，隐约有一些音乐传过来，每一个音符都暖暖的充满了爱，像天使一样。

美源再次有了想流泪的感觉，眼睛里却平静如水，美源甚至记不起来从什么时候开始她就再也没有流过泪，无论心里有多难过脸上都只有平静。

美源看了看四周，一个完全陌生的地方，不知道从什么时候开始她又一次神游太虚，错过了自己的酒店，走到了这个完全陌生的地方。四周只有安静的树木，在星空下很安静地和她在一起。

山脚下很远的地方一片辉煌，应该是她所在的那个城市，其中有她所停留暂住的酒店。

美源看了看酒店的方向，又看了看丛林深处的那一点灯光，像是被什么吸引着，情不自禁向那点灯光走了过去。

"嗨。"开门的是一个男生，瘦高，脸上洋溢着灿烂的笑，声音温暖如春日午阳，正是刚刚美源想象中听到的那个声音。美源再次感觉到内心深处被重重地撞击了一下，想流泪的感觉。

"请进，欢迎加入我们的'3.3'Party。"男生笑着说。看到美源一脸的疑惑，男生又接着说："每年的3月3号，我们都会举办一个主题Party，今年的主题是'冲出限制'，一起来玩吧，祝你玩得开心，我是Joson。"

"Moly。我的名字。"美源说。

Joson把美源带入人群中，每个人都向美源做了自我介绍，每个人的脸上都洋溢着灿烂的笑容，天使一样纯净，美源身上的寒凉在他们的笑容里悄悄消散。

游戏开始，每个人都在介绍自己小时候父母老师曾给过自己哪些限制，例如要听话不许捣乱之类，轮到美源，她脱口而出说了句"不要打扰别人"。"自己的事情要自己做，不要打扰别人。"美源又做了一点补充。Joson微笑着看着她点了点头。

游戏进入第二个环节，Joson要求大家大声重复自己刚刚说过的限制，删除"不"字。大家争先恐后地说起来，声音此起彼伏非常热闹。美源笑着看着听着，内心开始有一些小小的冲动，也想加入这个快乐的无所顾忌的群体，却又被什么卡在一个似乎并不存在的空间里，整个身体都只是安安静静地坐在那里，脸上挂着安安静静的微笑。

　　"嗨，Moly，大声说你刚才说过的那个句子，去掉前面的'不'字！"Joson突然对美源大声地说，所有人都停下来一起看着美源，用笑容等待她的声音。

　　美源依然只是很安静地坐着，很安静地微笑。胸口那股冲动越来越强烈，她的身体开始感觉到燥热，她很想大吼一声，大声说出那句话，可她就是像被什么牢牢地控制住，仿佛那个身体不是她的，只是一座美丽的石头雕塑。

　　"Moly！Moly！Moly！……"所有人开始有节奏地呼喊美源的名字，目光热切注视着她，为她加油鼓劲。

　　"要打扰别人！"一个声音猛然冲了出去，完全不受任何控制。音未落地，强烈的愧疚罪恶感立刻涌满美源的内心，仿佛她已经做了很多打扰别人的事，让她羞愧不已，她的身体不由自主倒向一边，试图藏匿在另外一位女生的身后。

　　由Joson带头，所有人一起为美源鼓掌，笑声震天，Joson看着美源的眼睛开心地说："Moly，你看你有多快乐啊。你们看，那个打破限制的小孩子多开心啊。"

　　美源坐直了身体，和大家一起笑着，她真的开始感受到一些喜悦如丝线般时有时无地丝丝缕缕悠荡在她的身体里面。一种陌生而奇特的感觉。美源惊讶地体验着，渐渐地竟然看到了刚才自己的那些羞愧背后是儿时母亲对自己的严厉责骂，母亲的鄙视如刀子一样肆意切割着她的尊严。

一行泪悄悄流了下来。胸口的疼痛如尖刀雕刻般越来越剧烈。

一双温暖的手悄悄放在了她的肩上，清新柔和的香水味道相伴而来。美源同时感受到的还有来自这双手的信任与支持。Mike不知什么时候悄悄走了过来，此刻正坐在美源的身边，他就是这双手的主人。美源和他相视一笑，和他一起进入下一个练习。

第三个阶段，两人一组，玩词句。每人先想出一系列的自我否定句，选出其中的一句，开始用不同的动词来玩这个句子。例如：我很笨。玩的时候可以说：我吃笨，我踢笨，我打笨，我撕笨……诸如此类。

第四个阶段，4人一组，选择一个共同认可的自我否定句，一起大声玩句子。

第五个阶段，所有人共分成3个大组，继续做玩句子的练习，Mike和美源一起去打扰所有的人。

美源在嬉戏中笑出了眼泪，她可以异常清晰地看到许久以来一直层层包裹着她、束缚着她的那个厚重坚硬的外壳在她一次又一次的"打扰"中分崩瓦解成碎片层层跌落。

她爱上了这个地方。不可救药、深深地爱上了这个地方，她的人间天堂。

## 温馨提示

**1. 日历：3月3日**

**2. 生命数字：3、6**

**3. 生命数字密码**

　　**3** 代表着表达、传递，是一种光之美。正向能量会带给人开心、愉悦、信任、创意、表达、新鲜等信息，能够帮助我们吸引到爱，获得很多人的关心和关注；它所代表的提醒是需要面对自己的情绪、解决情绪问题。

　　**6** 代表着爱心，是一种精致之美。正向能量是善良、关怀、服务他人、责任心、重视家庭、发自内心的付出，它可以让感情变得敏锐、细腻，它所代表的提醒是放下期待回报的执念，付出只是因为爱。

**4. 爱心提示**

　　如果找不到那么多朋友一起完成这个练习，至少找到一个愿意一起完成练习的人，共同完成全部练习，也可以一个人独自完成全部练习。

丛林与湖水掩映中静谧而温暖的地方

## 2. 对镜观照：我有多爱我自己

女人的气质是一种修养，离不开岁月、知识、教养的累积沉淀。

转眼两周过去了，美源的归期在即。这两周是美源和陈诺分手以后工作效率最高的两周，不仅质量高，速度快，最重要的不同是美源第一次感觉到了轻松，似乎自己有无穷无尽的智慧和能量，所有的工作都像是孩子的游戏一样，即使遇到问题、遇到麻烦、遇到阻碍，对美源来说也不过是一个又一个的挑战赛。不仅是刘丽莎，美源也很惊讶自己会有这样大的改变。

就要走了，美源很想再去那个小木屋看看，想和那群快乐的人们再聚一聚，看看他们还有什么活动可以参加。这个念头越来越强烈，就在她正准备要出发时她接到了Joson寄来的邀请函，邀请她参加他的家庭聚会，就在Siena，这可真是一个大大的惊喜。美源立刻出门奔赴Joson的约会。

沿着一条落叶满地的林荫大道走到尽头，出租司机把美源送到了一个浓荫匝地的院子前，还未下车，院子里的欢声笑语已经飞扬得四处都是。美源忍不住笑了，快乐总是这么有感染力，你完全不需要走得很近就能够感受到它的魅力和吸引。

"嗨，Moly，欢迎你！"看到美源，Joson大步走过来，一边说话一边给了美源一个大大的拥抱，他的怀抱像他的声音一样宽厚而温暖，像家一样让美源踏实心安。

"这是Anna，我的女朋友，我的情人，我的工作伙伴，我的生活伙伴。"一个女人很安静地走过来，站在旁边，Joson感觉到她的到来，立刻放开美源转身拉住她的手和她站在一起，向美源介绍她的身份。

"你好，Moly，欢迎你。"Anna微笑着向美源伸出右手，和美源握手问候。这是一个优雅柔美的女人，美源不得不在心里暗自赞叹Joson的眼光，她的确是个难得的好女人。**女人的气质是一种修养，离不开岁月、知识、教养的累积沉淀。**

接过美源带来的中国玉佩，Anna说："我也有一份礼物给你。"

"嗯？"美源惊讶地看着她。

Joson从背后揽住美源的双肩，让她完全面对着Anna，笑着说："去吧，这是专为你举办的聚会，你的聚会。"

Anna走过来牵着美源的手，不再说话，笑着牵引着满脸诧异的美源向卧室里走去，在一面镜子前坐下，让美源看着镜子里的自己。

"你知道你有多美吗？"Anna问。

美源有些羞涩地笑了，说："还好吧。"

Anna摇了摇头，说："你不知道你有多美。"接着又说："你给我讲个故事吧，一个童话或是寓言故事，用3句话完成。"

美源略略想了想，说："在很久很久以前，有一个非常安静的快乐谷，一条小丑鱼爱上了一匹俊美的白马。"

Anna用疼惜的目光看着她，平静地说："Moly，'很久很久以前'代表你对现在的抗拒，'非常安静的快乐谷'代表你对现实社会的游离，'小丑鱼'是你对自己的描述，'俊美的白马'是你对爱人的渴望，鱼和马的爱情代表你对亲密关系的绝望。"

Anna说的每一句话、每一个字都像是一根巨大的钉子把美源牢牢钉死在椅子上，她在瞬间冻结在那里。

"你真的知道你有多美吗？"Anna继续问。

眼泪静静地淌了下来，心痛再一次吞噬了美源，痛得她说不出一个字来。她轻轻地摇了摇头。

"看着镜子里的自己，看着那双眼睛，问自己，如果人生可以重来，我希望改变哪些事情？我希望自己做哪些改变？"Anna站在美源的背后，双手轻放在她的肩上，让她感受到一种温柔的支持。

美源看着镜子里那双忧伤的眼睛，看着眼泪像河水泛滥一样漫过她的脸颊，开始诉说此刻在眼前、在脑海里闪过的一个个画面，如果人生可以重来，那些她希望改变、希望以另一种方式重做的事，每一个画面都让她心如刀绞彻入骨，起初有好几次美源都无法再继续描述下去，若不是Anna

沿着落叶满地的林荫大道，走向未知的自己

一直都在的温柔支持，美源断然无法再继续讲下去，她一定会像以往一样以一句"每个人都有伤痛的经历"来结束这个练习，让自己暂时从伤痛中快速逃离。事实上她一直用这样的方法来麻痹自己不去回想那些痛心的场面，而这个方法也似乎有效，想起伤痛的次数越来越少，如果不是最近几年越来越明显地感受到自己不快乐，特别是和陈诺的分手，像一把利剑突然间刺破了所有的幕布，让她内心的不快乐陡然显现，她几乎认为自己已经成功地摆脱了儿时的梦魇，成功地从伤痛中获得了解脱。

眼泪仿佛是一场彻底的洗涤，美源在2个小时的痛哭之后开始感觉到轻松，诉说也开始改变内容，从伤痛自然而然地转向了一些美丽的记忆，美源也开始感觉到胸口那块冰坨的松动。这个发现令美源欣喜若狂，迫不及待地和Anna分享。

Anna稍稍用了点力揉了揉她的肩膀，给她更多更有力量的支持。

"现在，看着镜子里的你自己，给她一个最美最灿烂的笑容，对她说：'谢谢你，我爱你。'体会你的身体和内心有哪些新的感受。"Anna说。

美源看着镜子里的自己，内心忽然对镜子里的那个女人生出一些怜惜，忍不住抬起手去抚摸那张在微笑下面布满忧伤的脸，对她绽开一个灿烂的笑容，柔声轻语："美源，谢谢你，我爱你。"

　　一股暖流从心底升起。美源忍不住想要去拥抱镜子里的自己，就在这时她听到Anna说，"给自己一个大大的拥抱。"美源立刻张开双臂环绕胸前给了自己一个大大的拥抱，久久不肯放开。在她的记忆中，这是她生平第一次从心底感受到来自她自己的温暖和柔软。

　　美源低下头，闭上眼睛，感受这份敞开和温暖，眼泪再次夺眶而出。

## 温馨提示

　　🌹 **1. 日历：3月18日**

　　🌹 **2. 生命数字：3、9**

　　🌹 **3. 生命数字密码**

　　**9**　代表大爱，无条件地付出、人道主义精神、爱心/贴心服务等，它所代表的提醒是关注小事情，事情再小也要用心去做、做到极致，不要因为理想或梦想而迷失了自己。

　　**3**　代表着表达、传递，是一种光之美。正向能量会带给人开心、愉悦、信任、创意、表达、新鲜等信息，能够帮助我们吸引到爱，获得很多人的关心和关注；它所代表的提醒是需要面对自己的情绪，解决情绪问题。

　　🌹 **4. 爱心提示**

　　此练习可以独自完成。

# 3. 食色性也——花雕牛肉面

烹饪静心的重点不在如何配料如何制作。

重点在于整个过程中时刻提醒自己专注于当下，用心去体会每个细节，把爱注入其中，最后就能品尝到由你自己一手创造的味道独特的爱。

临近中午，美源收到了Joson和Anna从伦敦寄来的邮件。

亲爱的Moly，今天好吗？很高兴我们一起创造了那些美妙时光，我们至今都清晰地记得你的笑容和你令人感动的泪，我们很乐意继续给你我们的爱。

今天我们准备为自己做一顿丰富的晚餐，犒劳一下我们的身体。如果你愿意，我们很高兴和你分享饮食的快乐，一起体验烹饪静心。

随信附上我们刚刚学会的一道餐后甜点：烤水果，真的非常美味，我们愿意和你一起分享。同时我们也很好奇，如果今天你也为自己做一顿美餐，你会为自己做什么？

中国有句古话，叫"食色性也"，摘自《孟子·告子》，据说是告子这位年轻的哲学家因为不满意孟子"人性善"的观点找到孟子和他辩论，辩论的过程中说了这句话，意思是说饮食、男女之事都是人的本性。他的主张是性无善无不善，比较强调人性的完整统一。我们曾听老师说过，中国的儒学始祖孔子也曾在《礼记》里说："饮食男女，人之大欲存焉。"中国的先哲们如此尊重人性的完整，有这样的平和接纳之心，难怪那些灵修上师们都对中国传统文化情有独钟。

好好享受当下，记得感谢你的身体，用你独特的方式。

爱与祝福！

Joson和Anna

4月2日

Joson和Anna的邮件就像是一份来自上天的美妙礼物，让美源顿时觉得心情灿烂，她立刻就有了主意，决定下班后去买些新鲜的肥牛片和一瓶花雕酒，为自己做一碗花雕牛肉面。美源的胃不大好，晚上吃面容易消化，不会给胃带来负担；花雕酒热了之后非常养胃，煮在面里既可以中和肥牛的油腻，又可以减淡酒精的刺激，味道柔和醇厚；肥牛则保证了营养和热量，这样的配料最适合美源这样的身体需要。

### 1. 烤水果的制作方法

**物 料** 草莓、苹果、杨桃、李子、柠檬、芸豆、白砂糖、意大利软芝士（也可选用其他多汁水果）。

**方 法：**（1）处理水果。草莓底部切除；苹果去核，每个切成四份；杨桃每个切成四份；李子去核；把它们平放盘中，洒上柠檬汁。

（2）制作芸豆糖。芸豆提前一夜浸泡，小火慢炖至软烂。把煮烂的芸豆和白砂糖按1:1的比例次第放入搅拌器内搅拌，打碎成末。取疏孔筛把未打碎的豆根筛出，放入搅拌器继续搅拌成粉，再加入之前筛出来的芸豆糖继续搅拌，再用疏孔筛过滤，豆根再次搅拌。这个过程可以多次重复，直到你自己满意为止。

（3）在刚刚处理好的水果上撒4~5汤匙的芸豆糖，加入一些白兰地或其他甜酒，放入烤箱，小火微烤15分钟即可。

（4）把意大利软芝士放入碗中，加入一汤匙芸豆糖，搅拌均匀。

（5）把烤好的水果装盘，舀一汤匙加了芸豆糖的软芝士点缀在水果上面。完成。

（此方法选自英国BBC经典美食节目The Naked Chef）

### 2. 爱心提示

烹饪静心的重点不在如何配料如何制作，那只是基础手段，重点在于整个过程中时刻提醒自己专注于当下，用心去体会每个细节，把爱注入其中，最后就能品尝到由你自己一手创造的味道独特的爱。

### 3. 日历：4月2日

### 4. 生命数字：2、4、6

### 5. 生命数字密码

**2**　寓意着"双"，代表了女性能量和柔软的力量，它的提醒意义是，如果能够顺应、接纳、协调各种力量，就能更好地发挥出合作的巨大能量。想要做到这一点，需要学习打开心门，用平和的态度去面对并接纳世间一切，那才是一个完整的世界。

**4**　是实相，代表了自然存在、安全、稳定、朴素、实干，预示着通过工作可以获得安全感，也就是说，工作可以帮助我们更好地获得安全感。

**6**　代表着爱心，是一种精致之美。正向能量是善良、关怀、服务他人、责任心、重视家庭、发自内心的付出，它可以让感情变得敏锐、细腻，它所代表的提醒是放下期待回报的执念，付出只是因为爱。

# 4. 是什么阻碍了我的成功

如果可以改变，你需要为自己做些什么？你需要放弃什么才能帮助你实现梦想？

俗话说："良辰美景稍纵即逝。"仿佛就是为了应验这句俗语，那顿美味晚餐所带来的圆满还历历在目清晰可见，喜悦已经开始像退潮一样快速从美源的身体里消失，毫无缘由的，沮丧、烦躁莫名其妙地突然袭来，像流沙一样瞬间便吞噬了整个的美源。美源想到了放弃。她唯一想做的事就是立刻辞职，跑到深山老林里开始隐居。

"我不知道为了什么，整个人好像突然掉进了黑洞里，所有的爱、所有的能量都被周围的空洞吸得干干净净，我还在不断地继续被吸取，而我已经没有任何正向能量可供吸取。我只想立刻逃开，放弃这里的一切。我是如此地想念Siena，想念和你们在一起的那些快乐时光。"美源写信给Joson和Anna向他们求助。

Joson和Anna的回信随即而至，建议美源继续工作，先不要做任何大的决定，告诉她Mike刚好在深圳讲课，如果美源有时间可以去见他或是电话联系，他们认为Mike也许能够给到她最好的帮助。

这是一个好消息。美源和Mike取得联系，立刻飞往深圳和他会合。Mike让美源坐在教室里，和其他学员一起开始做练习。在几分钟的呼吸练习之后，Mike列出了一个关于梦想的问题清单，让学员们认真思考每一个问题，然后在自己的笔记本上逐一写下答案。

你在儿时的梦想是什么？

为什么有这样的梦想？

这个梦想对你来说意味着什么？

它带给你的感受是什么？

那时的你想从这个梦想中获得什么？

如果实现了这个梦想，自己现在会是什么样？

是什么阻碍你实现这个梦想？

现在你的梦想是什么？

你的现实距离你的梦想有多远？差别在哪里？

是什么阻碍了你实现梦想？这些阻碍是否可以改变？

**如果可以改变，你需要为自己做些什么？你需要放弃什么才能帮助你实现梦想？**例如放弃某个观点，或是放弃某件事，等等。

如果现在你已经实现了自己的梦想，你会是怎样？你会有哪些感受？

……

美源儿时的梦想是当一名服装设计师，她喜欢为自己、为家人、为朋友、为同学、为一切喜欢美需要美的人设计适合他们的美丽服装，让每一个人都能成为独一无二的美丽风景，这也是她一直以来的深切愿望。当她用自己的努力为他人带去更美的生活，她就会从中获得无限的满足感和自豪感，当她为之提供服务的对象对她露出满意的笑容，那一刻她就能异常清晰地感受到自己这个生命体的存在意义和存在价值，那种感觉让她感到踏实和心安，就像回到了自己的家里，心灵的家园。

蜿蜒清澈的湖水，通向心灵的家园

　　心灵的家园，一个永远都会接纳她、给她温暖和爱的地方。那个地方并不存在，只是她的一种感觉，一个想象。这个念头让美源禁不住打了个冷战，她第一次如此清晰如此强烈地感受到，原来她心里一直都这么孤单，她的心和她的父母、姐妹相隔如此遥远，原来她的深层潜意识里从来没有在那个客观存在、现实存在的家庭里感受过温暖。可是他们分明对她很好啊，怎么会这样？！美源陷入了苦恼中，她的表情全部被Mike看在眼里。他轻轻地走过去，把掌心轻轻按压在美源的颈椎处，美源立刻感受到一股温暖有力的能量从Mike温软的掌心源源不断地传入她的身体，她能够清晰感受到一股生命力重新回到她的身体里，她的身体渐渐开始变得强壮。

　　与此同时，她开始看到父亲、母亲、姐妹们各自的困惑，她可以透过他们的困惑看到他们一直都在努力试图向她表达他们的爱。眼泪再一次奔涌而下。原来他们也有那么多的困扰和软弱。美源甚至想去拥抱他们，将自己身体里的温暖和爱全部都送给他们。

　　"请你尝试站在高处去俯瞰你的整个人生，你觉得现在的你最需要什么才可以帮助她实现自己的梦想？如果你可以给她这样的一份礼物，请你用一个符号去表示，那会是什么？"Mike站在美源的身后，温柔地提示大家。

　　"爱。我需要很多很多的爱，可以相信的爱，那会给我带来支持。"美源说，"一朵金莲花，它可以代表很多很多的爱。"

"非常好，请你以你独特的方式把这份美妙的礼物送给现在的你，仔细观察，现在的你有哪些变化？她开心吗？你会看到她的未来，她的未来是怎样的？她开心吗？你喜欢吗？"Mike继续做着引导，美源跟随着他的引导，看到现在的自己接过那朵硕大的金莲花笑得花容灿烂，未来的她也在做着自己喜欢做的事，虽然她依然不是设计师，可她帮助许许多多的设计师以最好的方式去展现他们的作品，还有了一个美满的家庭，有一个爱她的丈夫和一个可爱调皮的小孩子，过着悠闲自在的美丽生活。这是美源第一次如此真切地感受到来自婚姻家庭的幸福和快乐，喜悦的泪水再一次带着绵延不绝的爱涌满她的双眼……

课程结束，Mike要去澳大利亚度假，送给美源一本书，叫*Twice Born Healing the Past-Creating a New Future*，作者是Premartha和Svarup，他告诉美源那是一本非常棒的书，他和Joson都是这两位老师的学生，他们带美源做的那些练习也都出自这两位老师的一些课程。Mike说，如果美源能够认真阅读，一定能给她带来更多的启发和帮助。

美源郑重收下了这本书，准备带回去认真学习仔细阅读。

**温馨提示**

🌸 **1. 日历：4月17日**

🌸 **2. 生命数字：4、7、8**

🌸 **3. 生命数字密码**

　　**4**　是实相，代表了自然存在、安全、稳定、朴素、实干，预示着通过工作可以获得安全感，也就是说，工作可以帮助我们更好地获得安全感。

　　**7**　代表的是智慧、探究、分析、理性、冷漠、单独、质疑、细致、真相，7的数字能量可以提升人的觉知力，它的提醒意义是观察自己的思维方式、拓展思路，避免钻进牛角尖，存在即是合理，应该允许不同的方式同时存在。

　　**8**　代表着财富、权力、力量、控制、整合组织，8的数字能量能够推动一个人追求成功，眼光长远，规划宏大，具有很好的创造力，能够从无到有心想事成。它的提醒意义是关注细节，警惕在小事、细节上出错，敢于真实面对自己的一切。

# 5. 探索最深层的不安

清理衣柜的过程，就像是在清理自己的过往人生。留下美好的、必要的，扔掉一切不必要的负担，整个人整颗心都会随之焕然一新。

夏季将至，这是北京一年里最美的季节：各种不同的绿层层叠叠，像一幅永远看不够看不厌的青山绿水图。

夏季也是美源一年中最美的季节，因为她可以穿裙子，她有成箱成柜的各种裙子，就算是每天换一件，一个夏季过去也换不到她的总储量的一半。可她还是喜欢买裙子，对裙子的钟爱已经成了一种瘾，欲罢不能。

原来她从不觉得这是一个问题，现在她突然觉得自己其实很浪费，而且去年夏天她几乎没有穿过任何一条裙子，一直都是长衣长裤，从春天直接过渡到秋天，连夏天都没有。

看着满满一柜子的裙子，美源不自觉地叹了口气。

"唉——"门外传来同样的一声叹息，是美源再也熟悉不过的声音。

"Anna!"美源简直不敢相信自己的眼睛，风一样地扑过去，和Anna紧紧拥抱在一起。Joson站在Anna的后面，笑吟吟地看着这两个瞬间融为一体的美丽女人。

"我真的不敢相信，你们怎么总是像天使一样出现在我最需要的时候，天哪，这太神奇了，我完全不能相信！"美源情不自禁地叫嚷着，兴奋得像个小孩子。

"嗨，你不想给我一个拥抱吗？"Joson温柔地看着美源，柔声地说。美源恍然大悟，不好意思地走过去，和Joson相互拥抱，这才看到在家休息的文茜，她的室友，是文茜给Anna他们开的门，并把他们指引到自己的房间门口，所以才有刚才那戏剧性的一幕。

"哦，这是我的好朋友也是我的室友文茜，你们刚刚已经见过了，我猜是她给你们开的门。这是Anna，Joson，我在意大利认识的好朋友，他们都是非常非常棒的灵性治疗师，给了我很多帮助，我爱死他们了，你也会爱上他们的。"美源一边给他们做介绍，一边对着Anna和Joson眨了眨眼，做了一个调皮的表情。

让Anna和Joson在客厅沙发上坐下，美源立刻迫不及待地问："今天要带我做什么练习？你们就像是上天派给我的特别导师，好像是专门为了陪我渡过这个难关而来的，每次都出现在我最需要你们帮助的时候，简直太神奇了。"

Anna和Joson相视一笑，看着美源，说："我们来北京讲课，顺便过来看看你，只是探望而已。不过既然你想继续做练习，也很好啊，今天几号？"

"5月4号。"站在一边的文茜说。

"5月4号，"Anna和Joson相互看着，略略思忖后对美源说，"你现在做好准备了吗？这会是一个艰难的练习。"

美源略略迟疑了一下，点点头，说："我准备好了。"

"那本书我想你已经看了，对吗？"Joson问。

美源点头说是。

"Premartha和Svarup是两位非常棒的灵修上师，是我们的老师，也是我们的好朋友，我们的很多练习都是他们教的。今天我们要带你做的练习，是他们的创造，叫做'生命

线'，如果你能允许自己的情绪自由流动，它就会像原子弹一样带给你从未有过的强烈冲击，力量非常大，你觉得自己可以吗？"Joson问。

美源很认真地想了想，做了一个深呼吸，说："可以。"

"好，那我们现在开始。"Joson说。

Anna从包里取出早已准备好的几团毛线，让美源从中选择一个颜色，那是美源自己认为的生命之色。美源选择了绿

夏天的浓荫，强壮而繁茂

色，像夏天的浓荫，强壮而繁茂。

Joson让美源用那根绿色毛线依照自己的感觉在客厅中央任意选择方向设计出能够代表自己生命历程的生命线，用标签纸分别标注出过去、现在、未来3个点，在每个阶段任意造型，用来表示不同时期的生命状态。

美源的生命线在少女时期出现了一个巨大的死结，从一开始的随意而为到一次又一次地重复打出死结，那双手渐渐开始脱离美源的控制，自动重复着同样的动作并且越来越用力，最后试图把毛线在死结的地方用力扯断，但毛线死结柔韧地坚持着并没有断开，美源忍不住低吼一声用力跺了跺脚，才感觉到自己对于手的控制重新回到了自己的手上，美源让自己停了下来，重重地叹息，然后离开这个死结，去设计其他时期的生命线。

少女时期那段痛苦经历至今仍然如此强烈地影响着自己，这个事实让美源非常意外。她一直对自己说那段经历早已过去，她也一直对自己说应该感谢那段非人的经历，她甚至可以像讲笑话一样地告诉闺蜜们在那个阶段她曾是怎样的软弱和愚笨，她一直以为自己早已从那段创伤中痊愈康复。美源忍不住又是一声沉重的叹息。

Anna和Josony小心翼翼地引导着美源从现在走到过去，一点一点走到那个让美源剧痛无比的死结上，美源刚刚站到死结上眼泪立刻像决堤的海洋奔涌而出泣不成声，她很艰难地描述着整个事件，讲述那个老师怎样利用她的软弱一步步设计陷害，让她做了替罪羊。接下来的描述对美源来说更加艰难，那就是她必须去观察那个时期的自己最需要的是什么，体会那个时期的自己有哪些感受。美源号啕大哭。她清晰地看到那个时期的自己是多么需要来自家人的信任和支持，然而她的家人都只相信那位老师，给予她的只有打骂和鄙视，家人的态度把她彻底推进了地狱里。为了生存，她不得不学习小心翼翼讨好身边的每一个人，那短短的3年时间里，每一分钟都写满了屈辱二字，如果她真的可以重新设计自己的生命，她会毫不犹豫立刻删除这整段的时光，就算短寿她也在所不惜。愤怒如火山爆发一样呼啸而出，美源哭得没有力气再继续站着，她蹲下去抱紧双膝，整个人缩成小小的一团，从小到大第一次哭得如此没有仪态、如此畅快淋漓。

Anna和Joson耐心地等待着合适的时机，继续引导美源完成这个练习。他们让美源以自己的方式去重新面对那段经历，用自己的方式去释放情绪，然后引导她回到现在，以现在的角度和身份去安慰、帮助那个时期的受伤的自己，将爱传递给她。做完这些，Anna和Joson又带着美源从不同角度去观察并感受那个时期的父母亲人各自都是怎样的状态，问美源是否愿意将爱也传递给那个时期的他们。

在这个过程中，美源看到了那个时期的家人各自都有各自的软弱和慌乱，在他们的人生经验里，老师都是受人尊重的，不会做那么龌龊的事情，所以他们完全不知道该怎样处理这个他们从未学习过的问题，只能按照以往的经验选择信任老师，他们也无法想象学校里怎么会像美源所说的那样充满了欺骗和暴力。

感受到这些无奈和慌乱，美源的心渐渐软了下来、暖了起来，她哭着把自己的爱想象成一棵美丽的开花的树送给那个时期的父母亲人，和他们拥抱在一起。又把自己的爱想象成一朵粉红色的睡莲，送给那个时期的小小的自己，她终于可以面对着那个时期的自己，对她说一句："谢谢你，我爱你。"感动如潮奔涌而至，泪水再一次汹涌而出，淹没了她的整个脸颊。

"我想收拾我的衣柜，把用不着的衣服都清理掉，特别是裙子，我有太多的裙子都完全穿不到。"练习结束，美源立刻想要去清理自己的衣柜，之前她也觉得自己的衣柜需要清理，可内心就是有许多的不舍，这一刻她忽然有了一种清晰而坚定的愿望：立刻清理衣柜。

Anna和Joson相视一笑，说："我们帮你。"他们知道，那些裙子寄托着美源内心深处的一些执著，包括伤痛。清理衣柜的过程，就像是在清理自己的过往人生。留下美好的、必要的，扔掉一切不必要的负担，整个人整颗心都会随之焕然一新。

🌿 **1. 日历：5月4日**

🌿 **2. 生命数字：4，5，9**

🌿 **3. 生命数字密码**

**4**　是实相，代表了自然存在、安全、稳定、朴素、实干，预示着通过工作可以获得安全感，也就是说，工作可以帮助我们更好地获得安全感。

**5**　所代表的生命能量是活力、自由、敢于冒险、欲望强烈、享受物质生活的快乐，无论是饮食、游戏、旅行等，都是这个数字所能体现的物质生活享受的行为体现。5还能推动人在营销、商贸领域颇有建树。它所代表的提醒意义在于警惕危险、战胜恐惧，不要让自己因为恐惧而拒绝付出和交往，成为社交场上的冷美人。

**9**　代表大爱，无条件地付出、人道主义精神、爱心/贴心服务等，它所代表的提醒是关注小事情，事情再小也要用心去做、做到极致，不要因为理想或梦想而迷失了自己。

# 6. 付出背后的行为动机

　　当收益大于成本，关系就会继续存在；当成本大于收益，这个关系自然就会解体。物质、现金只是收益和成本的体现方式之一，愉悦的感受、情感需求的被满足等也都是收益和成本。

　　当一个人开始去面对自己的内在需求时，就开始创造属于自己的人生新转机。

"**咚**！"大门被重重地撞上。

"啪！""啪！"又是两声重音，一前一后两只鞋子被甩在地上。

接着是拖鞋蹭着地面的"趿拉，趿拉，趿拉……"的声音，从门庭到客厅，从客厅到厨房，从厨房到客厅，从客厅到厨房，随后是冰箱门开了关、关了开、开了又关的声音，紧接着，"拖鞋"又从厨房趿趿拉拉地拖到客厅，在书房前停了一会儿，拐了一个弯，进了客房，房间里重新安静下来。

美源知道，这是文茜下班回来了。自从那个日本男人和她分手，连续2周，每天她都是这套动作，像一个没头苍蝇一样在房间里四处乱转。美源决定找她谈谈，希望能够让她有所改变。

"文茜，还是觉得心情很糟糕？"美源站在文茜的房门外，问。

"哦，"文茜转过身站了起来，走出来在客厅里坐下，看着美源，"是啊，我还是觉得特别难受，特别想见他。我给他打电话他不接，我发短信给他他也不回，我快难受死了，我跟他真的完全没希望了吗？你帮帮我吧，我怎么做才能让他跟我和好？"

美源看着文茜，一时不知道该说什么既能让她清醒又不会触碰她太多让她更加难过。

"就是因为那个翻译，如果不是她的出现，我们也不会分手。他肯定是喜欢上那个翻译了，自从他见到那个翻译就开始挑剔我这也不好那也不好，都是那个翻译！"文茜说。

"没有那个翻译你们也一样会有问题。"美源脱口而出。从一开始她就不看好这段爱情，那个男生的控制感极强，这也说明他的内心有极度的不安，而文茜表面上看起来温柔可人，是个懂得体恤他人的好女人，但实际上文茜极度需要被重视，她需要的不是去照顾别人，而是被别人无微不至地照顾着。这样的两个人在初期会给彼此带来非常大的满足，但用不了多久就会出现问题，因为他们彼此为对方的付出，背后都等待着更多更大的情感需求。

在意大利的时候美源就曾经和Joson、Anna、Mike他们讨论这个问题，她把文茜的故事讲给他们听，也讲了她的直觉里的不安，他们为她做了以上这些关于付出与期待索取的心理动机的分析。

"可是我觉得他一直很爱我呀，如果没有那个翻译，他肯定不会跟我分手。"文茜坚持着自己的判断，"我真的不能失去他。"文茜开始抽泣。

"我知道。"美源说。她确实能够想象得到这一次分手对于文茜是怎样的一个打击。虽然只是相识了6个月，可是这个男生在文茜的心目中一直有着超乎寻常的分量。第一次和他见面，文茜就对美源说，他是她一直想要的那种男人。他会主动走在她的外侧，过马路的时候他会在前面牵着她的手，他会常常用各种各样的理由送礼物给她，他还去她的老家和她一起探望病危的奶奶，陪着她度过那段艰难的日子，那几天他一直牵着她的手……在美源看来他不过是做了一些欧美男人多半都会做的事，对文茜来说他却是她遇到的最体贴的男人，是她一直梦想拥有的那个唯一。文茜从一开始就在盼着他娶她。为此，文茜不惜改变自己，常常跑到他的公寓帮他打扫卫生整理房间，还做饭给他吃，遇到他之前的文茜从不做这些事，她也不会做，真的只是为了他才开始学习。

"你知道我过去从不做家务，原来都是别人给我做，现在我为他开始学着做饭做家务，当然做不了太好，可我已经很努力了呀，他还说我不努力，气死我了。"文茜开始愤愤不平。

"说你不努力只是个借口吧，想分手才是真的。"美源的话直击要害。

"我怎么做才能让他回头？你帮我想想办法，我想让他跟我和好，我太难受了，我不能没有他。"文茜说着，忍不住哭了。

　　美源看着她，等她稍稍平静下来就很直接地说："他不可能回头。你也不是不能没有他，你不过是不满意这样的结局，没有达到你的预期目的，不服输而已。"

　　"你怎么能这么说啊，我真的很爱他，我从来没有这样为一个人付出过，我真的很爱他，我愿意为他做任何改变！我真的爱他！"文茜争辩着。

　　"好吧，那咱们就来看看你的付出吧。"美源回身从书房里拿出几张白纸和一支笔，在文茜对面坐下来，看着文茜问："你最喜欢他什么？说出至少5个优点。"

　　文茜陷入迷茫中，看着美源想了很久才说："善良吧，我觉得他特别善良，我奶奶去世的时候他一直陪着我。"

　　"还有呢？"美源一边做记录，一边问。

　　文茜又想了很久，说："体贴。每次他出差都会给我带礼物回来。还有细心，每次过马路都会牵着我的手，那种感觉特别好。"

　　"还有呢？"美源问。

　　文茜想了又想，还是理不出头绪，说："爱一个人不就是一种感觉嘛，哪儿分得那么仔细，如果分得那么仔细，不就不是爱了吗？"

　　"他是个好的结婚对象吗？"美源突然问。

　　"当然是！要不我也不会跟他在一起了。"文茜脱口而出。

"为什么？"美源紧追不舍。

"有稳定的工作，做得还不错，收入比较好。"文茜不假思索地回答。

"家境也不错，没有什么负担，对吗？"美源问。

"嗯。"文茜用力点点头。这些话都是她曾经对美源说过的，她并不认为这些话有什么不妥。

"我记得你和他第一次见面回来，你就跟我说他是一个非常好的结婚对象，因为他有很好的教育背景和职位，收入很好，而且家境很好，是个富二代，没有任何负担。那个时候你已经决定要想办法嫁给他，说明物质条件对你是个非常重要的因素。如果他是个穷小子，你还会跟他在一起吗？"美源问。

文茜略略想了想说："应该不会。"

"如果你不是特别想嫁给他，你还会去帮他做饭做家务吗？"美源继续问。

"当然不会！"文茜毫不犹豫很痛快地回答。

美源看着文茜笑了，把自己刚刚做的记录递给文茜，随后说："亲爱的，你自己看看吧，这是你的全部答案，现在你还会说你为他做那么多只是因为爱他吗？"

文茜看着自己的答案，默不作声，许久，抬起头，看着美源说："可我还是很难受，还是想跟他在一起。"

"准确地说，你还是想跟他结婚，你怕自己以后遇不到像他这样好条件的男人，对吧？"美源问。

文茜想了想，点头承认。

"我建议你做一个练习，列一张情感账单，从你们认识那天开始，你为他做过什么，他为你做过什么，你希望从这些事情里获得什么，如果获得了你会怎样，你会有哪些感受，如果没有得到你想要的，你会怎么办，你有哪些感受。仔细回想你们交往的整个过程，尽可能多地去列举细节，我相信最后你会对自己有一个新的发现，你也会帮到你自己。"美源说。

"为什么让我做这个练习？"文茜问。

美源做了一个深呼吸，看着文茜，想了想，说："建议你看一本书，叫《日常生活中的微观经济学》，你会发现，如果用微观经济学来解读情感关系，情感关系将会变得非常简单，无非就是成本与收益的平衡：**当收益大于成本，关系就会继续存在；当成本大于收益，这个关系自然就会解体。物质、现金只是收益和成本的体现方式之一，愉悦的感受、情感需求的被满足等也都是收益和成本。**除非你是佛陀，否则你的爱就是有条件的，你所有的付出都是为了有更好的收获，你现在的难过除了情感因素，自然也包括了因为需求未被满足而产生的失落和不甘心。让你难过的原因很多，需要你自己去一点一点理清楚，当你清楚地看到自己的难过都包括了哪些因素，自然就能找到出路。所以我让你做这个练习。"

文茜用审视的眼光看着美源，想从美源的脸上看到更多。

"我自己也做过这个练习，在意大利的时候。你也知道陈诺的事我一直都放不下，Joson、Anna就让我做了这个练习，做完以后许多事都清楚了很多，你可以自己去试，你会发现，其实你的人生可以过得更好一些，不管有没有这样的一个人出现。"美源说。

终于，文茜拿着纸和笔站了起来，说："好，我去做练习。"

看着文茜的背影，美源笑了，她知道，**当一个人开始去面对自己的内在需求时，就开始创造属于自己的人生新转机。**

### 温馨提示

🌸 1. 日历：**5月19日**

🌸 2. 生命数字：**5、6、9**

🌸 3. 生命数字密码

**5** 所代表的生命能量是活力、自由、敢于冒险、欲望强烈、享受物质生活的快乐，无论是饮食、游戏、旅行等，都是这个数字所能体现的物质生活享受的行为体现。5还能推动人在营销、商贸领域颇有建树。它所代表的提醒意义在于警惕危险、战胜恐惧，不要让自己因为恐惧而拒绝付出和交往，成为社交场上的冷美人。

**6**　代表着爱心，是一种精致之美。正向能量是善良、关怀、服务他人、责任心、重视家庭、发自内心的付出，它可以让感情变得敏锐、细腻，它所代表的提醒是放下期待回报的执念，付出只是因为爱。

**9**　代表大爱，无条件地付出、人道主义精神、爱心/贴心服务等，它所代表的提醒是关注小事情，事情再小也要用心去做、做到极致，不要因为理想或梦想而迷失了自己。

### 🌿 4. 情感账单

不管在怎样的关系里，如果觉得自己一直在付出，为自己的付出觉得委屈，不妨试为自己列一份情感账单，看看各自都为对方做了什么，为什么这么做，有哪些期待，期待是否被满足。这份账单可以帮助你更真实地面对自己的情感需求。

属于两个人的惬意

# 7. 乘着音乐的翅膀飞翔

　　找一个安静的不会被打扰的地方，放一首优美的音乐，让自己在音乐中端坐，关注呼吸，想象自己的心灵随着音乐翩翩起舞，那将会是一次非常棒的心灵能量自我补充。

今天是Mike的生日，我们给他寄去一张音乐碟，是我们和学生们一起做的，自己作词作曲，自己编曲配器，自己唱，自己念，自己录制，好玩极了。其中一首歌是我们特意为你写的，送给你，祝愿你有一个美丽心情。送给你我们的爱。

Joson和Anna

6月3日

接到Joson和Anna的邮件总是一件愉悦的事，何况还有那么美妙的音乐。他们送给美源的歌叫*This is why I'm always waiting for you, my love*，歌名是一款意大利香水的广告语，美源在意大利看到这句话立刻爱上了那款香水，送了一瓶给Anna，没想到Anna就以这句话为题写了这样一首歌，每一句歌词都写进了美源的心里，像是天使在对她喃喃细语，又像是陈诺在为她祝福，令美源非常感动。

Mike的邮件也接踵而至，给了美源一个小小的惊喜。Mike在邮件里告诉她，今天很适合听美好的音乐，建议美源给自己一个至少5分钟的私人时间，**找一个安静的不会被打搅的地方，放一首优美的音乐，让自己在音乐中端坐，关注呼吸，想象自己的心灵随着音乐翩跹起舞，那将会是一次非常棒的心灵能量自我补充。**

随信Mike还给美源列了一张音乐清单，是他给美源的建议，当然美源也可以自己自由选择其他的音乐，只要那些音乐能够让美源感受到光与爱。

他们的邮件，已经给美源带来了很多很多的光与爱。

美源把一个"请勿打扰"的牌子放在门外，轻轻关上房

窗外灿烂的阳光

门，拉开窗帘，让阳光毫无遮拦地撒在她的身上，坐在阳光里，播放Anna和Joson特意为她而写的歌，按照Mike的指引开始做深呼吸，放飞自己的心灵去仔细感受那美妙的音乐……

## 温馨提示

❧ **1. 日历：6月3日**

❧ **2. 生命数字：3、6、9**

❧ **3. 生命数字密码**

　　**3**　代表着表达、传递，是一种光之美。正向能量会带给人开心、愉悦、信任、创意、表达、新鲜等信息，能够帮助我们吸引到爱，获得很多人的关心和关注；它所代表的提醒是需要面对自己的情绪、解决情绪问题。

　　**6**　代表着爱心，是一种精致之美。正向能量是善良、关怀、服务他人、责任心、重视家庭、发自内心的付出，它可以让感情变得敏锐、细腻，它所代表的提醒是放下期待回报的执念，付出只是因为爱。

　　**9**　代表大爱，无条件地付出、人道主义精神、爱心/贴心服务等，它所代表的提醒是关注小事情，事情再小也要用心去做、做到极致，不要因为理想或梦想而迷失了自己。

❧ **4. 建议音乐**

　　舒伯特：《小夜曲》；

　　门德尔松：《乘着歌声的翅膀》（天使合唱团）；

巴赫/古诺：《圣母颂》。

**5. 爱心提示**

请根据个人习惯选择合适的音乐。需要注意的是，喜欢不等于合适。如果要完成这个练习，务必使用能够带来温暖、平静、友爱等正向感受的音乐。

音乐可以以最快的速度改变身体能量的振动频率，选择合适的音乐将起到事半功倍的效果。

静静的角落

# 8. 体会片刻的缓慢

当你走得太快的时候，你会忘了路边的风景。如果你让自己持续停留在风暴里，你就会彻底失去你的目标和方向。适时让自己停下脚步，哪怕只是一个瞬间，都会是一次非常好的自我觉醒。

让我们给那些有灵魂的人以祝福，让我们给那些没有灵魂的人以祝福，让我们祝福那些经历磨难可能修得灵魂的人。勇敢的心选择磨难的人生。

"**当**你走得太快的时候，你会忘了路边的风景。如果你让自己持续停留在风暴里，你就会彻底失去你的目标和方向。适时让自己停下脚步，哪怕只是一个瞬间，都会是一次非常好的自我觉醒。"

当美源听到Mike这样说的时候，整个身体都被震了一下。是的，这段时间她似乎又跌进了忙碌的怪圈里，像一头蒙眼拉磨的驴子，每天都忙得脚不沾地，却不知道自己在忙些什么，她甚至没有时间去分辨除了觉得疲惫不堪还能有其他哪些感觉感受。这一刻听到Mike说这样一段话，就像时空错位一样，她突然觉得自己又回到了数月前，那时她才刚刚抵达意大利，整个人都沉陷在绝望里，不知道自己该何去何从，一片茫然。

"天啊，我已经坚持了3个月都在不断做练习，为什么还会有这样的茫然？！为什么还会有这样瞎眼盲目的时候？为什么就不能一直保持着清醒？！"一阵强烈的挫败感向美源迎面袭来，打了她一个措手不及。她只觉得内心有万般委屈，无助又无奈地看着一直坐在她对面的Mike。

Mike笑吟吟地看着她，伸出手轻轻抚摸着她的头发，柔声说道："'第四道'创始人葛吉夫曾经说过：**让我们给那些有灵魂的人以祝福，让我们给那些没有灵魂的人以祝福，让我们祝福那些经历磨难可能修得灵魂的人。勇敢的心选择磨难的人生**。如果没有反复，你又怎么可能学习到彻悟？就是因为我们都会迷失，经常都会迷失，所以我们才要坚持做练习，如果做不到每天做练习，至少也要保持着一个不太差的频率，就像我们给你的这些练习，你有没有发现，差不多每个练习都是在你已经快要彻底走失之前出现在你面前，你在这些练习里所获得的新的能量又能够支持你回到原来的环境里继续生活，直到下一个练习出现。"

美源想了想，露出惊讶的表情。的确如此，每当她觉得自己快要撑不下去了，心情又开始变得糟糕难以控制，她的人生似乎又要滑落到黑暗里去的时候，她就会接到一个新的练习，也许是Joson和Anna，也许是Mike，还有一次虽然是为了文茜的事，但她也被要求和文茜一起做练习，每一次的练习都让她有获得新生的美妙体验，而那些新的能量又给她带来很多的希望和爱，支持她继续在原来的环境中走下去。

"这是我们有意的安排，从第一次见到你开始，我们就开始为你设计合适你的练习。"Mike解释说，"当然，也是机缘巧合。每年的'3.3'聚会我们都会等一个陌生人加入，从那天开始共同为他设计一个改变计划，和他一起共同完成。

我和Joson、Anna叫它'爱的传递'。我们希望能够通过这种方式把爱传递给更多的人，看到更多的人因为这个计划而改变，创造属于他们自己的快乐人生。你是我们今年的'爱的接受天使'，你知道，爱也需要被接受才会完整，并不只是一味地付出。"

美源听得整个人都呆在那里。

她不知道该怎样形容此刻的心情，只觉得一种前所未有的强大力量铺天盖地地压过来，那就是命运，是她完全无法与之抗争的命运。如果那天她没有失魂落魄地到处乱走，如果她没有听从身体的感觉走向那点灯光，她的人生将会继续沉陷在绝望里，绝对不会有现在这些美妙的体验。

阳光透过浓荫软软地照下来

　　"不是命运，Moly，不是命运控制着你，而是你创造了你的命运，你创造了你的转折点。我知道你现在在想是命运把你带到Miasto，但我要说你错了，是你自己把你带去找我们，是你自己。"Mike很坚定地说，"你仔细想一想Moly，那段时间你是不是几乎走到了人生最低谷？你是不是已经开始反思自己到底哪里出了问题？你是不是一直在追寻答案？"

　　美源拼命点头。是的是的是的，那个时候的她的确就是这样，和Mike刚刚说的情形一模一样。

　　Mike笑着说："看，是你自己一直在追寻答案寻求改变，所以你把你自己带到那个地方，把我们吸引到你的生命中，让我们有机会和你一起，共同完成爱的传递，不是吗？你的潜意识的渴望，吸引着你想要你需要的东西到你的生命中，创造了你的现实生活。"

　　美源听得有点晕，Mike依然笑吟吟地看着她，说："放轻松Moly，做一个深呼吸，试着让自己的身体安静下来，你会进入一个更舒服的振动频率，在那里你能把这些事、包括你以前的那些经历，都看得更清楚、更仔细。试试吧，慢下来是一个很好的练习，它会把你更深入地带回到当下。"

　　美源在Mike的引导下闭上眼睛，开始做深呼吸，用自己的指尖去慢慢触摸自己的衣角、裤子，去感受那些布料的质地、布料与皮肤之间的接触、指尖在布料上轻轻摩擦的感觉，那一刻她仿佛到了一个清澈透明的世界，她的感觉器官开始变得敏锐细腻，她可以分辨指尖在布料上移动所产生的不同触觉感受，尽管那些差别非常微小，微小到足以让她完全忽略掉。

那一刻，她的心也安静了下来，她甚至可以跃出自己的生命长河，在高处俯瞰她所经过的那一切，烦恼立刻烟消云散。美源的脸上绽放出宁静的笑容，如一朵徐徐绽放的粉荷。

**温馨提示**

🌸 1. 日历：**6月12日**

🌸 2. 生命数字：**2、6、9**

🌸 3. 生命数字密码

**2** 寓意着"双"，代表了女性能量和柔软的力量，它的提醒意义是，如果能够顺应、接纳、协调各种力量，就能更好发挥出合作的巨大能量。要想做到这一点，需要学习打开心门，用平和的态度去面对并接纳世间一切，那才是一个完整的世界。

**6** 代表着爱心，是一种精致之美。正向能量是善良、关怀、服务他人、责任心、重视家庭、发自内心的付出，它可以让感情变得敏锐、细腻，它所代表的提醒是放下期待回报的执念，付出只是因为爱。

**9** 代表大爱，无条件地付出、人道主义精神、爱心√贴心服务等，它所代表的提醒是关注小事情，事情再小也要用心去做、做到极致，不要因为理想或梦想而迷失了自己。

### 🍂 4. 爱心提示

　　用指尖触摸身上的衣服，或是身边的任何物品，体会触摸的感觉，是一种非常好的搭桥技术，也是一个非常好的静心练习。重点在于允许自己有各种感受和情绪出现，接纳所有的情绪感受，就是最好的一次练习。

美丽的仙人掌果实透射着强大的生命力

# 9. 寻找自己的激情点

就像在教堂里向神父做忏悔，你并不知道窗格后面的人是谁，但你知道你可以绝对信任那个人，你可以把你的感受、你的心事完全真实地表达出来，而这个表达叙述的过程对自己已经是一次非常好的释放和整理。

如果有眼泪，就让那些泪自由流淌，那是来自生命的奇妙礼物。

不知道怎么回事，最近总是觉得提不起精神，对什么都没有兴趣，工作已经堆了一大堆，每一件都迫在眉睫急需处理，可我就是没有兴趣，即使勉强坐在办公室里大脑也还是一片空白，完全没有任何想法，只能面对着电脑发呆。我也很着急，也想尽快去处理那些事，可是不知道怎么搞的，心里就是跟长了草似的乱糟糟的一片，根本静不下心来，中国有句成语叫'如坐针毡'，我现在就是这个状态，莫名其妙的就是觉得一片慌乱，很烦躁。我怎么了？我该怎么做？

已经临近傍晚，美源今天一天又在莫名其妙的烦躁中空耗过去，她终于忍不住写邮件给Mike。她并不期待Mike能够立刻出现，她的邮件更像是自言自语，就像在教堂里向神父做忏悔，你并不知道窗格后面的人是谁，但你知道你可以绝对信任那个人，你可以把你的感受、你的心事完全真实地表达出来，而这个表达叙述的过程对自己已经是一次非常好的释放和整理。

写完邮件，说出了自己的内在情绪感受，美源突然觉得轻松了很多，她甚至感觉到一种冲动想要去洗洗脸，给自己化个淡妆，尽管今天晚上她什么活动也没有，待会儿下了班也只是径直回家。

　　美源好奇地继续观察着自己的内在情绪变化，依照她刚刚升起的念头去洗了洗脸，整理好头发，回到办公室给自己化了一个淡妆，看着镜子里略有光彩的自己，她觉得一直被闷在尘土里的心情现在有了清新的感觉，渐渐开始明朗起来，隐约还有一些小小的喜悦在试探着想要生长。美源的脸上绽放出笑容，又一个念头跳入她的脑海：Mike回信了。美源立刻打开信箱，果然看到Mike的新邮件在那里静静等待。喜悦立刻如花绽放，她迫不及待地开始阅读Mike的回信。

寻找各自的方向

亲爱的Moly，我不知道你是否遇到了什么麻烦，但我知道，很多人都会有这样的时刻，看起来一切都还不错，可是心里就是会有很多的失落感，对很多事都没有兴趣，仿佛走到了情绪低谷的黑暗期，却又看不到光明和希望在哪里，那种感觉或许有点像猛力出拳拳头却落在了云朵里，空荡荡的全无着落。你的描述让我觉得此刻你也是类似的感受。

亲爱的Moly，你是否允许过自己没那么好、允许自己有看起来不够好的情绪和身体状态？你最后一次这样做是什么时候？你最后一次体验到激情四射是在什么时候？那是一个什么状态？发生了什么事？如果可以，我希望你能认真思考上述几个问题，在你的心灵笔记本上详细记录，并完成以下问题：（1）如果以0—10分来做标注，0为完全没有，10分为激情四射，你认为你现在的激情之火在什么状态？（2）在今天结束时，在你上床睡觉的时候，你希望自己的激情之火在什么状态？（3）你认为你应该做些什么可以帮助你重新点燃你的激情之火？（4）你需要放弃什么可以帮助你重新点燃你的激情之火？你知道的，放弃包括行为、事件，也包括一些观念和想法。（5）你希望激情为你带来什么？在激情四射的时候你有哪些感受？

当你做完了这些练习，我希望你愿意继续完成以下练习，你是如此聪慧坚强，我想它们会带给你更多更深层的生命能量。

（1）在你的人生历程中，哪些事是你一直想做而未做的？是什么阻碍了你？为自己列张清单。

（2）在你的人生历程中，哪些事你希望从未发生过？哪些事你希望可以重新再做？如果可以重新去做，这一次你会怎么做？为自己列张清单。

（3）在你的人生历程中，哪些事是你认为自己做错了，至今都还在为此而惩罚自己？你如何惩罚自己？惩罚自己的理由是什么？你从哪里获得了这些观念？

我猜做完这些练习你可能又会大哭一场，没关系，**如果有眼泪，就让那些泪自由流淌，那是来自生命的奇妙礼物，**允许自己接受任何来自生命的礼物，好吗？

最后，再请你务必完成最后的一个练习：未来5年内，你认为你的生命中可能会有哪些改变？你期待自己在5年后是怎样的状况？把你的梦想详详细细地描述出来，你甚至可以把未来画成一幅画，我知道你很喜欢画画，而且画得很漂亮。

为你祝福！

你的Mike

温馨提示

✿ 1. 日历：**6月24日**

✿ 2. 生命数字：**3、4、6**

### ❧ 3. 生命数字密码

**3** 代表着表达、传递，是一种光之美。正向能量会带给人开心、愉悦、信任、创意、表达、新鲜等信息，能够帮助我们吸引到爱，获得很多人的关心和关注；它所代表的提醒是需要面对自己的情绪、解决情绪问题。

**4** 是实相，代表了自然存在、安全、稳定、朴素、实干，预示着通过工作可以获得安全感，也就是说，工作可以帮助我们更好地获得安全感。

**6** 代表着爱心，是一种精致之美。正向能量是善良、关怀、服务他人、责任心、重视家庭、发自内心的付出，它可以让感情变得敏锐、细腻，它所代表的提醒是放下期待回报的执念，付出只是因为爱。

### ❧ 4. 爱心提示

回顾自己的生命历程，书写的过程就是一次非常好的情绪释放和自我整理，不需要勉强自己一定要拿出改变的方案，改变会自然而然地发生，你唯一需要做的就是等待和接受。

# 开启内在智慧通道

# 10.　与身体对话

每一个人的身体里都蕴涵着男性能量和女性能量。

子宫是女性特征的经典体现。

当你愿意聆听你的身体，信任她，她就会自动开启修复功能，给你一个最好的状态。

身体是潜意识最好的自然表达。

"**每**一个人的身体里都蕴涵着男性能量和女性能量，中国的观音菩萨几乎都是女像，而观音菩萨的前身却是一个国王，是男身，这也是众所周知的故事，为什么观音像会是女像而非男像，有人说是女像看起来比较和蔼更有亲和力，这也是一念，不过我们更愿意认为那是因为观音大士能够得道，早已修成了男性能量、女性能量的阴阳平衡，前身为男显示为女，不过是为了彰显佛法法力可以让我们的身体随意幻化，男女本为一体。"

Mike在能量课上这样讲。这是Mike今年第二次来中国讲课，他很喜欢深圳，因为有海，有很多的植物，让他觉得能量场很适合灵性修行。

美源的练习伙伴是一位来自加拿大的小伙子，今年32岁，名叫Kushi，已经跟随Mike学习了四年，有些害羞，安静腼腆，美源总觉得他像一位来自远古时代的持荷僧人。

"现在，请扮演客人的同学躺下，请扮演治疗师的同学开始你的工作。"Mike对学生们说道。

美源对于能量治疗完全陌生，就让Kushi先做练习，自己扮演客人在垫子上躺了下来，接受治疗。

　　Kushi让美源闭上眼睛做深呼吸，放松身体，随后用双手轻轻握住美源的脚，静心体会，一边轻声告诉美源他所感受到的能量信息："你的男性能量非常强悍，是一个非常高大有力的形象，不管遇到什么事都会一拳砸到桌子上，很坚定地说：'没问题！'你的女性能量非常弱，她总是用一张社交面孔出现，但其实她有很多种个性，她也很想有机会去展示她的不同状态，可是她没有机会、也没有力量。不过，她正在想办法让自己获得成长，为自己创造机会去展示。现在，你可以想象你的身体站在你面前，你的身体可以是一个整体，也可以是某一个或一些部分，可以是任何你想看到的样子，请你和自己的身体去做一次沟通交流，你也可以问任何你关心的问题。"

　　Kushi的描述让美源感到震惊，因为那正是她最近几年的心理状态。她很难想象Kushi如何通过她的双脚而接受到这些信息。当Kushi提示她和自己的身体对话时，她的第一反应是荒谬，这和她以往所受的教育差异太大，可是接下来她天性中的好奇心又让她觉得这个练习很好玩，她也很想去尝试一下，看看会有哪些体验。"荒谬"的想法随即消失。她开始跟着Kushi的引导做进一步的身体放松，好奇地等待着信息出现。起初只是一些散乱的念头一个又一个地在脑海里飞过，渐渐的一个模糊的画面开始呈现，渐渐地画面开始清晰，是一个丑陋的女人，眼神极度阴郁，还藏着刻骨的仇恨，似乎在谋划着要伺机杀了美源。美源被吓了一跳，问她是谁，为什么这么恨她。那女人并不说话，只是用恶毒的目光继续狠狠地盯着她。美源做了一个深呼吸，继续耐心等待。

答案慢慢呈现，那是美源的子宫。美源立刻像被针刺了一下，揪心的疼痛。她记起自己一直以来都是怎样慢怠自己的身体，甚至可以用"糟蹋"两个字来形容。美源忍不住想去拥抱那个女人，那个女人却坚决地躲开，无论美源怎样道歉，都只是投来怀疑的目光，对美源全无信任。

**子宫是女性特征的经典体现，**美源终于明白了许久以来她都是以伤害自己的身体这种方式来摧毁自己的女性尊严，女性能量自然也就被压迫得缩成一团，女性能量所代表的接受力、柔软等等，自然也就无法在美源的身上得到体现。这或许也就是美源不敢和陈诺走入婚姻的真正原因，她根本就没有学习过如何接受别人对自己好，也不知道该如何接受。

美源突然觉得内心里充满了委屈，眼泪夺眶而出。

"你也可以问问你的身体，你要怎样做她才能感觉好一些，她希望你怎么做，试试和你的身体协商，达成一个你能做到、她也能接受的协议。"Kushi适时作出新的指引。

美源做了一个深呼吸，开始和代表子宫的那个丑女人讨论协商，她看到那个丑女人的眼神开始柔和起来，面目不再那么可憎，甚至开始出现笑容，变得好看起来，像一个害羞的小女生。美源终于松了一口气，在想象中拥抱了那个丑女人，这一次她没有再拒绝，而是接受了美源的拥抱，那一刻美源感受到了前所未有的温暖和踏实。

随后的时间里，美源如法炮制，和自己的其他身体器官一一对话，聆听她们的心事和需求，和她们协商解决方案，向她们道歉，请她们原谅。

练习结束，美源发现自己的感觉更加细腻敏锐，她可以很轻松地注意到四周环境一些细微的变化，她的身体也像是换了一个新的机体，从头到脚每一个细胞都很清澈，充满了新鲜的生命力，一种生机勃勃的新能量。

"为什么？！"美源惊讶地问。

Kushi看着她很安静地微笑着说："我们的身体是这个世界上任何先进技术都无法比拟的机器，具有非常好的自我修复功能，你只需要学会倾听，她就会给你最好的答案，**当你愿意聆听你的身体，信任她，她就会自动开启修复功能，给你一个最好的状态**。"

"我平时也可以这么做吗？"美源问。

"当然。"Kushi说，"任何时候，任何地方，只要你需要，找到一个相对安静不会被打搅的空间，你就可以开始这个练习。这是一种自我催眠，人在催眠状态下可以暂时避开头脑的干扰，直接和自己的潜意识进行对话，**身体是潜意识**

大树下安静平和的佛像

**最好的自然表达。"**

美源用心地听着，做了一个深呼吸，双手下意识地抱住了自己的身体，她想和自己的身体更加接近，也从这里开始更加接近自己的潜意识，那个真正主宰我们的行动、创造我们的现实生活的运作机构。

# 温馨提示

**1. 日历：7月11日**

**2. 生命数字：1、7、9**

**3. 生命数字密码**

**1** 代表了原创性、新生、重生、男性能量、阳性能量、领导力、先锋力量，为了寻找自我、证明自我而存在。它所代表的提醒意义是，真实面对自信心的现状，做出调整，避免过度关注小我的需求而变得自私。

**7** 代表的是智慧、探究、分析、理性、冷漠、单独、质疑、细致、真相，7的数字能量可以提升人的觉知力，它的提醒意义是观察自己的思维方式、拓展思路，避免钻进牛角尖，存在即是合理，应该允许不同的方式同时存在。

**9** 代表大爱，无条件地付出、人道主义精神、爱心/贴心服务等，它所代表的提醒是关注小事情，事情再小也要用心去做、做到极致，不要因为理想或梦想而迷失了自己。

**4. 爱心提示**

催眠在生活中随处可见，潜意识会引领我们自动避开那些我们还没有做好准备去面对的情感"暗礁"，所以，自我催眠非常安全，可以自己完成整个练习。练习中如果暂时接受不到信息，不必强求，耐心等待，信息会自然浮现。

# 11. 对镜观心，以心映照

止观双运是一个佛法术语，其实是一种步骤完整的内心运作技术。止就是指让内心进入宁静、清醒、专注、警觉的状态，观就是清醒的观察、控制内在的心智运作。

每个人都有每个人的功课，勉强说教无疑是在拔苗助长。

通常我们都会被自己内心深处的渴望所吸引。

"'止观双运'是一个佛法术语，从现在的心理学眼光来看，其实是一种步骤完整的内心运作技术，就像镭射光，射向月球就可以探索月表地形，射向对面的大楼就可以测量出精准的距离，同样的，止观双运用在灵性层面来思维宇宙人生的真理，可以作为灵修开悟的手段，运用在心理层面来观察心理创伤，就可以作为心理治疗的手段。就好像是光，光射向哪里，那里就会大放光明。"心灵导师、催眠大师廖阅鹏先生在台上不疾不徐娓娓道来，唠家常一样轻而易举就把一个晦涩难懂的概念分解剖析生动形象地解释开来，如兰香轻盈柔和沁人心脾。

美源在台下听得如痴如醉。从Joson、Anna、Mike开始，美源越来越痴迷于灵性课程，自然就会收到越来越多的课程信息，对于如何选择一位好的导师，美源现在已经是颇有心得。这位廖阅鹏先生是文茜的一位朋友推荐的，还给了美源一本廖先生的书《催眠圣经》，对于催眠技术，美源并没有什么特别的感受，但廖先生在书中的一句话打动了她，他说：请把催眠只是当做催眠来用，催眠不是万能的。这句话朴实无华，恰恰让美源感受到了一种信任和笃定，让她从中看到廖先生的修为，对廖先生已有几分信任和欣赏。随后美源又在那位女生的聚会上遇到子枫，廖先生的学生，也是廖先生的助教，子枫的宁静超然吸引了美源，她的话很少，人长得也很普通，却有一种说不清楚的魅力，像一朵开在晨曦里的荷花，静静的，却让人驻足难移。美源觉得有怎样的老师就会有怎样的学生。子枫的状态让她更加相信自己对廖先生的判断是对的，于是向子枫仔细询问了课程信息，最后选择了廖阅鹏的这堂"潜意识炼金之旅"灵修课程。廖先生也确实如美源之前的猜测一样，他的精妙并不在于他的催眠技术有多高超，而是他的修为，他的博学和深邃。美源暗自庆幸自己选对了老师和课程。

"传统经典对止观双运有许多玄之又玄的描述，在我看来，化繁为简，**止就是指让内心进入宁静、清醒、专注、警觉的状态，观就是清醒的观察、控制内在的心智运作**。止观双运的关键，是在活在当下的清醒状态来进行。"台上廖先生继续浅笑吟吟地讲着，他喜欢这样的随意，完全跟随自己的心灵指引，而非人为地固定设计。

接下来就是两人一组的练习。美源并不太想和其他学员一起做练习，她本能地觉得需要一些距离，所以只是安静地站在一个角落里，静静观察着同学们你拉我喊地纷纷组成两人小组，她被一个人留了下来。

"你愿意和我一组吗？"助教子枫走了过来，柔声问道。上次聚会之后，子枫就和美源成了朋友，经常互通电话，聊各自的生活，彼此都很欣赏对方身上的一些特质。按照习惯，美源作为学员此时可以单独做练习，可是她想助美源一臂之力，所以主动走过来询问美源。

美源有些意外地笑了，点头说："当然！"

"那你来做练习吧，我来做引领。"子枫不容置疑地做了安排。美源乖乖地听从子枫的安排，跟着子枫去了一个很安静的角落，坐下来，闭上眼睛，做呼吸调整，等待子枫做新的引领。

"如果头脑中有一些念头，试着去观察这些念头，不要试图去制止它，让自己只是做一个观察者，观察这个身体，观察这个身体里的一切。"子枫说。

美源按照子枫的引导，把注意力专注在自己的呼吸上，耐心等待着，让自己只是像看电影一样地静坐旁观，她第一次如此清晰地看到，头脑是怎样一刻不停地快速运转，每一个片刻都有那么多的念头飞过，而她的身体里也在流动着各种情绪，这种感觉是那么的陌生，又是那么的新奇，美源不由自主地被深深吸引，情不自禁地继续观察下去。有些痛开始浮现上来，越来越清晰，美源开始觉得自己被拉扯进去，仿佛被卷入一个痛苦的旋涡，当她沉陷其中，眼前便只有无边无际的痛苦，再也没有了那个清醒的观察者。

　　"如果你觉得自己离开了观察者的位置，就做一个深呼吸，让呼吸把你重新带回观察者的位置，让观察再一次开始。"子枫的声音轻轻地传入美源的身体里，她像被什么力量拉了一把，立刻从旋涡中跳了出来，浑身都感觉到一种解脱后的轻松。她按照子枫的提示做了一个深呼吸，再次把注意力专注在自己的呼吸上，观察者重新回到她的心里，她可以坐在事件之外去看那些旋涡一样的痛苦。

　　渐渐地，痛苦像雾一样开始飘移，她开始看到事件的整个过程，看到每个当事人在那些事件当中的行为，以及他们的内在感受。明明是自己的亲身经历，此刻却像是在看别人的故事。美源一边观察着事件的流动，一边品味着此刻的感受，心里五味俱全。

　　练习即将结束，子枫看到美源的表情非常复杂，知道她此刻正在经历着过去和现在的纠缠煎熬，就给她做了一个白光能量补充，看到美源的脸色渐渐松弛、柔和、明亮起来，子枫感到一些欣慰。从看到美源的第一眼起，她就爱上了这个女孩儿，想和她成为朋友。在美源的身上，她感受到一种她从来没有过的生命力，虽然美源身材娇小，却让人觉得她是一棵硕大茂盛的野生植物，那种原始冲动的野性美，本应和优雅成为一种冲突，却在美源的身上如此和谐地结合在一起，让子枫觉得非常诧异，也因此而备受吸引，让她很想了解这个名叫邢美源的漂亮女人。

她曾经和廖先生讨论过，廖先生依旧是浅浅一笑，甚至带了一些神秘的色彩，告诉她："**通常我们都会被自己内心深处的渴望所吸引。**"

"我怎么会渴望野性，那根本不是我想要的东西。"子枫笑着否认。她确实感受不到自己的内心有丝毫对于野性、原始能量的向往，她太享受现在的这种安静。

廖先生看着子枫意味深长地笑而不答。**每个人都有每个人的功课，勉强说教无疑是在拔苗助长**。但他知道，子枫的人生将从这里开始发生转折，子枫和美源，她们将互为因素影响并改变对方的生命线。

云层散后将是湛蓝的天空

## 温馨提示

❀ **1. 日历：7月23日**

❀ **2. 生命数字：3、7**

❀ **3. 生命数字密码**

　　**3**　代表着表达、传递，是一种光之美。正向能量会带给人开心、愉悦、信任、创意、表达、新鲜等信息，能够帮助我们吸引到爱，获得很多人的关心和关注；它所代表的提醒是需要面对自己的情绪、解决情绪问题。

　　**7**　代表的是智慧、探究、分析、理性、冷漠、单独、质疑、细致、真相，7的数字能量可以提升人的觉知力，它的提醒意义是观察自己的思维方式、拓展思路，避免钻进牛角尖，存在即是合理，应该允许不同的方式同时存在。

❀ **4. 爱心提示**

　　止观双运很适合一个人完成，唯一需要注意的是，保持觉知，当自己被情绪带走时立刻做一个深呼吸，让自己回到观察者的位置，再继续练习。

# 12. 为情绪做档案整理

他们的亲密关系近乎完美，并不是因为他们从不吵架，而是他们允许彼此之间有差异、有矛盾冲突，允许彼此之间有做得不够好的地方，而他们可以从中获得更多的学习。这才是重点，因为这意味着在他们之间存在的是一种健康成熟的亲密关系。

所有的改变都来自于自我的觉醒。

情绪如果不能以情绪的方式得到处理，就会转换成能量去攻击身体，身体就会开始出问题。

就好像是上天在有意考验美源的意志力，又或者真像葛吉夫所说的那样：让我们祝福那些正在修得灵魂的人有更多的磨难，一心想要改变自己让自己相信爱情、遇到一个好男人的美源在爱情这件事上接连碰壁。先是让她对Joson有一点动心，随后就看到了Anna，那个站在Joson身边和他手牵手的幸福女人；接着是Mike，美源在和Mike的接触中越来越感受到这个男人的可爱，越来越习惯了在现实生活中和他有一份紧密的联结，随后她就看到了Chomely，这个有一头金色卷发、一双湛蓝色眼睛、有着甜蜜笑容的英国女人。

这是Mike今年第三次来中国讲课，美源照例飞去深圳看他，这一次她不仅见到了一如既往温和儒雅的Mike，同时也看到了Chomely，就像Joson和Anna一样，他们两个如影相随，散发着无法形容的和谐与愉悦，你甚至可以清晰地感受到一种爱的能量环绕在他们四周，在灵性的世界里充满了鸟语花香，美丽得让人嫉妒。

Chomely曾经是一位非常出色的精神科医学专家，在伦敦非常有名，找她做治疗的人络绎不绝。遇到Mike的时候她刚刚离异，Mike的宁静吸引了她，他们开始交往，她开始接触到Mike的能量治疗，被他的神奇所吸引，几经波折，最终决定放弃原来的工作开始跟Mike一起学习能量治疗，随后他们又一起去拜访Svarup和Prematha，跟他们学习原始治疗，在那里认识了Joson，后来又一起认识了Anna，四人成为好友，经常在一起交流探讨彼此的学习和感受。

如果他们的亲密关系没有那么优美，美源心里或许会好受一些，可是现在他们每个人都拥有近乎完美的亲密关系——美源之所以认为**他们的亲密关系近乎完美，并不是因为他们从不吵架，而是他们允许彼此之间有差异、有矛盾冲突，允许彼此之间有做得不够好的地方，而他们可以从中获得更多的学习。这才是重点，因为这意味着在他们之间存在的是一种健康成熟的亲密关系**，那正是美源一直殷切期待的关系状态。

美源的失落很清晰地映照在Mike和Chomely的心里，他们两个悄悄地相视一笑，Chomely上前一步拉着美源的手说："今天是7月29号，一个特别的日子，我们要给你一个特别的练习，你愿意让我来做引领，还是Mike？我们两个人你可以任意选择，选那个你真正想要的。"

美源看了看Mike，又看了看Chomely，不知怎么的，此刻她的心里只有Chomely的笑容，暖暖软软的，让她觉得非常舒服。美源定睛看着Chomely说："你，我要你来帮我。"

"好好享受你们的时间。"Mike笑着说，吻了下Chomely，快速拥抱了一下美源，转身离开。

Chomely看着美源，笑说："好了，现在我们开始做练习。拿着这些纸笔，先把你此刻的心情画下来，你可以用任何的符号、任何的图案、任何的色彩来表示。"

美源接过Chomely递给她的几张白纸和一盒24色水彩笔，开始勾勒自己的心情，她先画了一片蓝天，几朵白云，又画了一个城堡，城堡里有一个待解救的小公主，城堡外面很远的地方悠闲地走着一位王子。显而易见，那位王子根本不知道远处有一座城堡，更不知道那座城堡里发生了什么事，更不用说去解救公主了，这些根本就不在王子的计划里，他只是在悠闲自得地游山玩水。虽然山壁陡峭，但道路很宽而且很平坦，王子非常安全。

跟随着王子的是一个仆人，很快乐地吹着口哨，两个人有很好的朋友关系。

山上绿树葱郁，有一挂瀑布飞流直下，小鸟在林间飞舞歌唱，蝴蝶在花间飞舞，很美的景色。但这一切都和城堡里被囚禁的公主无关，她只能双手紧握着铁栏，透过铁栏去眺望有限的蓝天，期待着能有奇迹发生。

"唉——"美源忍不住一声长叹，把完成的画交给Chomely。

Chomely饶有兴致地接过来，一边看着一边问美源："在画的过程中，你有哪些感觉？"

"我觉得自己就是那个被囚禁的少女，等待着有人来救我，可是这一切都跟别人没有一点关联，别人的生活也跟我无关，特别孤单，也许有一点寂寞吧。"美源说。

"你是不是觉得自己被这个世界所遗弃？"Chomely接着问。

"是！"美源脱口而出。

Chomely看着美源，柔声说："把你的感受写下来，为自己列一张情绪清单，分别写上积极情绪、消极情绪，无论你想到什么，都把它如实地写下来，记录在这些纸上，来吧，让我们一起做一次情绪整理，盘点一下你的情绪库存，看看都有哪些东西。"

美源顿时觉得心里像一个杂乱无章的旧仓库，里面塞得满满的全是东西。

清澈高远的天空消散了忧愁和阴郁

"沉重、混乱"，美源在消极情绪的下面次序写下这两个词。"烦躁、愤怒、嫉妒、无助……"负面词汇像水流一样源源不断喷薄而出，美源从没想到在自己的心里竟然一直"库存"着这么多的负面情绪，她越写越觉得惊讶，惊讶于自己平日对消极情绪的压抑。

消极情绪整整写了两页纸，美源的笔下才第一次开始出现正向词汇："善良"。接下来积极的词语越来越多，而消极的描述越来越少，最后出现在美源脑海里、落在纸上的都是积极词汇。美源的脸上开始流溢出甜美的笑容，散发着柔和的光彩。

"在这个过程中你对自己有哪些新的发现？"Chomely让美源仔细阅读她的"情绪库存清单"，然后问她。

美源感慨万分地说："我从来没有想过我心里竟有这么多的消极情绪，平时我完全不允许自己有这些念头出现，只要一有这样的念头，我就会跟自己说'你已经很幸运了，你应该学会感恩'等诸如此类的话，强迫自己表现出快乐、积极向上的状态。如果不是跟陈诺分手以后状态越来越差让我有失控的感觉，我可能到现在都不知道自己心里竟然隐藏着这么多的委屈。我对自己太不好了。"

"**情绪如果不能以情绪的方式得到处理，就会转换成能量去攻击身体，身体就会开始出问题。**你现在的身体也不怎么好吧？"Chomely问。

"是啊，"美源说，"最近一年明显觉得记忆力衰退、思维迟缓，大脑经常是一片空白，而且月经特别不正常，严重失眠，两个肩膀就跟灌了铅似的又僵又硬又疼，去看了很多医生，都没有用。心脏也不好，经常感觉到心慌；肺也不好，非传染性结核，还时常会有隔膜炎，莫名其妙不知道怎么的就发炎了，一发炎就开始高烧，胸骨疼得不敢呼吸，整个人就像是废掉了，好像浑身上下哪儿都是朽的，不知道什么时候哪儿就坏了，真的成了玻璃娃娃，碰不得摔不得，唉……"美源又是一声长叹，随后绽开一个灿烂的笑脸。

Chomely也笑了，说："一定会好的。你不觉得这半年来身体状况有改变吗？"

美源愣了一下，仔细感觉着自己的身体，慢慢地说："嗯，好像是有改变。原来一直觉得肚子疼，经常疼得浑身是汗，去意大利之后就没有再疼过，一直到现在，你不说我还真没有注意到，现在想想这是个很大的改变，差不多算是最严重的一个问题解决了，太棒了！我以前怎么就没有注意到呢，我对自己太忽略了，以后我要给自己多一点关心和关注，多爱自己一些，哈哈。"美源忍不住笑了起来，快乐由内而外迅速弥漫充满了整个空间。

Chomely安心地笑了，提醒美源："记住，情绪如果不能以情绪的方式得到处理，就会转换成能量去攻击身体，身体就会开始出问题。让自己养成一个好的习惯，定期给自己做情绪整理，就像你刚刚做过的那样，为自己列一张清单，盘点自己的情绪库存，再仔细阅读自己的清单，看看哪些地方你还可以为自己再做些什么，才能真正帮到自己去感受到快乐，把你能为自己做的事情写下来，去行动。公主想要获得别人的帮助，也要自己先打出信号让别人知道才行，对不对？"

美源又是一愣，随即连连点头。Chomely的最后一句话直入心底。是的，被囚禁的公主如果想要得到帮助，也要自己先打出求救信号才行。**所有的改变都来自于自我的觉醒。**

美源只觉得今天和Chomely的一席长谈犹如醍醐灌顶，让她从头到脚都有一种彻底的清洁、清澈，一种说不出的快乐

那一抹暖暖的红

和轻松，她爱死了这种感觉，情不自禁走过去，紧紧地拥抱着刚刚还让她因为嫉妒而觉得失落委屈的Chomely，一个有着金色卷发、湛蓝色眼睛和甜蜜笑容的英国女人，Mike的恋人、知己、工作伙伴，她的目标和理想。

"Chomely，我爱你。"美源说。

"我也爱你，我们都很爱你。"Chomely拥抱着美源，依然甜蜜地笑着柔声说。

## 温馨提示

❀ **1. 日历：7月29日**

❀ **2. 生命数字：7、9**

❀ **3. 生命数字密码**

　　**7** 代表的是智慧、探究、分析、理性、冷漠、单独、质疑、细致、真相，7的数字能量可以提升人的觉知力，它的提醒意义是观察自己的思维方式、拓展思路，避免钻进牛角尖，存在即是合理，应该允许不同的方式同时存在。

　　**9** 代表大爱，无条件地付出、人道主义精神、爱心/贴心服务等，它所代表的提醒是关注小事情，事情再小也要用心去做、做到极致，不要因为理想或梦想而迷失了自己。

❀ **4. 爱心提示**

　　情绪也会有库存，需要定期清理。

# 13. 在别人的故事里寻找自己

这个世界上没有哪一个儿女能够在潜意识里愿意超越自己的父母，如果父母说他们是错的，他们就不敢让自己做对。

成为别人的外遇对象是女人对于母亲的最彻底的背叛，也是对母亲最严重的惩罚，因为可以最大限度地挑战并摧毁母亲的女性尊严。

"Moly，今天晚上我们看电影，你要不要一起来看？"晚饭的时候，Chomely问美源，今天是她和Mike在北京的最后一天。在美源的撮合下，文茜的一个朋友为Mike和Chomely在北京做了一个呼吸课程，选择在北京郊区，一个山清水秀的休闲度假村，Mike和Chomely都很喜欢那个地方。

"什么片子？"美源问。

"《生命里的美丽伤痕》，一部老电影，法国文艺片，有点闷，不过故事写得很好，特别是结尾，你可以很清晰地看到父母的偏见是怎样左右着下一代的幸福。"Chomely说。

"好啊。"美源立刻应允。她本来打算早些休息的，最近工作比较多，她已经连续数月都没有睡过一个完整觉了，今天下午做完练习觉得有些困乏，可是Chomely的介绍又结结实实地诱惑到她。父母的偏见是怎样左右着下一代的幸福，这也正是她现在一直在苦苦追寻答案的问题。

一个苛求完美的精致女人和一个备受宠爱的天真少女，无意中撞见女人的丈夫、少女的父亲在书房里，面前站着一个赤身裸体的英俊少年。仅此一个镜头，女人便认定自己的丈夫在亵童，执意离婚，并将丈夫告上法庭。少年被女人送去儿童保护机构，默认了女人对自己丈夫的一切指证。丈夫出狱后回去探望自己的3个女儿，被女人拒之门外，挣扎中丈夫失手将女人推倒，女人的头部撞击到桌角大量出血，女人昏倒在地，丈夫以为自己杀死了女人，绝望推动他跳楼自杀。3个孩子目睹了这一切的发生。

成年后，大女儿一直孤独单身，不敢接触他人，对男人尤其排斥和警惕。二女儿结婚了，有了一个可爱的小男孩，丈夫不断有外遇，终于在家里上演相同的一幕：女人将男人拒之门外，孩子躲在自己的房间里充满了恐惧。

小女儿则爱上了一个有妇之夫，与之苦苦纠缠，还怀了那人的孩子，她的纠缠变成一种威胁，男人精神恍惚，在回家的路上撞车丧生。

一个陌生男子不断努力接近大女儿，对她温柔体贴，终于赢得了大女儿的信任，她准备要献身给他，他却为她穿好衣服，告诉她，他只想告诉她一个事实，这是他从小到大一直压在心里的巨石，他必须搬走它。

男子就是当年那个出现在她父亲书房里的小男孩。事实是，少年很小就发现自己是同性恋者，小小年纪的他无可救药地疯狂爱上了那个父亲，千方百计接近那个父亲，终于那天找到机会在父亲的书房里和他单独相处，少年自己脱掉了衣服，试图说服父亲接纳他，父亲婉言谢绝，并要为他穿上衣服，正在这时门被推开了，少女和她的母亲出现在门口，并且完全不给那位父亲或丈夫任何辩解的机会。在女人的心目中，她其实一直都很鄙视男人。男人都不是好东西。女人从小就从她的母亲那里听到这样的教训，这样的印象深深铭刻在她的心底，即使他和她共同生活了十几年，即使他一直表现得非常绅士，都抵不过那一个画面：他站在少年的面前，手里拿着少年的衣服，少年赤身裸体。

大女儿一直不相信自己的父亲是那样猥琐恶劣的一个人，可她太小了，完全没有说话的机会，一切都在母亲的控制之下。即使这位母亲住进了老人院，失去语言能力，依然可以用眼神、用文字轻而易举地摧毁女儿的自尊和自信。

二女儿、小女儿早已和这位母亲断了来往，对她的怨恨一直积郁在心里。在大女儿的劝说下，两个女孩终于答应和母亲见一面，路上她们不断提醒姐姐，母亲不是个容易被打倒的人，大女儿充满自信，认为事实真相能够让母亲放下对父亲的仇恨。电影的最后一组镜头，充满自信神采飞扬的大女儿带着两个妹妹在老人院见到母亲，告诉她整个事实，对母亲说："你错怪爸爸了。"母亲用冰冷的目光死盯着3个女儿，毫不犹豫地在纸上写下一句话：我不后悔！！！

母亲把纸条递给大女儿，脸上浮现出得意而坚定的笑。大女儿看到纸条上的话脸色开始转向灰暗。

最后一个镜头，三个女儿像电影刚开始那样垂头丧气灰头土脸地走出老人院，站在门口不知所措，每个人都不知道自己该走向哪里。胜利在母亲的脸上定格。

美源的心里酸酸的，非常难过。

"你知道吗？**这个世界上没有哪一个儿女能够在潜意识里愿意超越自己的父母，如果父母说他们是错的，他们就不敢让自己做对。**不管我们有多少反抗，最终都会回到父母设计的那条路上。这就是海灵格所谈到的家庭隐性动力，是一种巨大的能量，除非你能重新回到自己的内在世界，像孩子那样，去感受自己的内在需求，看到父母在你潜意识里留下的情感地图，你才有机会改变自己的爱情命运。"Chomely从背后拥抱着美源，轻声对她说："其实，遇人不淑只是一个表象，真相是这个人总是去找那些不合适的人，就像电影里的二女儿和小女儿，都是女性自我惩罚的典型表现，也是对母亲的一种潜意识的反抗。你知道吗？**成为别人的外遇对象是女人对于母亲的最彻底的背叛，也是对母亲最严重的惩罚，因为可以最大限度地挑战并摧毁母亲的女性尊严。**"

Chomely的声音柔若兰香，美源却听得毛骨悚然浑身发凉，自己的故事，朋友们的故事一股脑齐齐涌进她的脑袋，挤得让她头疼得快要爆开，她忍不住紧缩眉头，流露出痛苦异常的表情。

"跟我来。"Chomely拉着美源的手，把她带到自己的房间里，Mike对她们点点头走了出去，Chomely轻轻关上门，美源立刻忍不住大吼一声，这才觉得舒服了一些。

"跟我讲讲你的感受吧，你在这个电影里看到了什么、听到了什么、感受到了什么、这个电影的哪些情节让你联想到什么。"Chomely轻声细语地说。

美源就像一个打开水龙头的话匣子，滔滔不绝地讲了起来。她发现，虽然自己没有经历过电影里那么可怕的故事，可是电影里的三个女儿的很多感受都让她有熟悉的感觉，包括母亲对于男人的敌视和对抗，都让她觉得那么熟悉，相似的感受通过不同的故事在不同的地方展现而已。

"家庭的问题会因为东西方文化的差异而呈现出不同的表现模式，但是对于爱的渴望，以及家庭动力系统对每一个家庭成员的影响在世界各地都是一样。这个电影让我觉得恍若梦醒，我现在开始有些了解为什么我会那么惧怕和陈诺走入婚姻，而且我一直都遇不到一个像样的好男人，好不容易遇到了，还是你和Anna的，你不知道刚开始我有多嫉妒你们，哈哈。"说出自己的真实感受，美源很爽快地大笑起来。

Chomely笑着说："Moly，你不知道你有多美！不过你会知道的，那一天你会有属于你自己的幸福，我们都在为你祝福。"

美源看着Chomely，走过去和她拥抱在一起。爱总是有着让你无法抗拒的吸引力，暖暖柔柔的，像Chomely的笑容。

"也许有一天我也会见到Svarup和Prematha，那又会是怎样的一对神仙眷侣呢？"美源的心里忽然升起这样一个念头，对这一对夫妻充满了探究的欲望和好奇。

面对幸福，又有谁不会有这样的好奇和向往？追求幸福，是人类永恒不灭的渴望。

**温馨提示**

🌸 **1. 日历：8月10日**

🌸 **2. 生命数字：8、9**

🌸 **3. 生命数字密码**

　　**8**　代表着财富、权力、力量、控制、整合组织，8的数字能量能够推动一个人追求成功，眼光长远，规划宏大，具有很好的创造力，能够从无到有心想事成。它的提醒意义是关注细节，警惕在小事、细节上出错，敢于真实面对自己的一切。

　　**9**　代表大爱，无条件地付出、人道主义精神、爱心／贴心服务等，它所代表的提醒是关注小事情，事情再小也要用心去做、做到极致，不要因为理想或梦想而迷失了自己。

🌸 **4. 爱心提示**

　　你可以选择任何文艺作品，只要能够在欣赏的过程中时刻提醒自己作为一个观察者，并在最后对自己的所观、所听、所感、所想做一个真实的整理。

# 14. 与美食完美约会

人和植物的身体里都含有大量的水分，赞美和抱怨都会影响到生命能量场的改变。

一个有爱心、真心热爱烹饪的厨师才能做出有感情的饭菜，否则就只有技术而已，你能吃到的也就是"好吃"而已，绝对尝不到感情的味道。

"**如**果有时间，就为自己做一顿美味晚餐，约会美食也是一大人生快意之事。"午后一刻钟的休息时间，美源在自己的办公室里做冥想练习，Joson的声音不知怎么的突然出现在美源的脑海里，她想起之前Joson和Anna给她的那个菜谱，想起那份烤水果的美味，忍不住笑了出来，决定今晚回去给自己做一顿丰富的晚餐，好好犒劳一下自己。

"这段时间的确太累了，也该好好慰劳一下自己的身体。"美源在心里自言自语说。

文茜的电话不期而至，问她晚上要不要加班，她想早点回家自己煮饭，如果美源不加班就想叫美源早点回去，两个人一起晚餐她会感觉更好一些。

美源忍不住又笑了，心里想，这也算是心想事成吧。美源和文茜约定了回家的时间，告诉文茜今晚她也会做一道菜，两个人一起下厨一起分享。

文茜的厨艺实在让人不敢恭维，美源索性让她只给自己打下手，自己掌厨。看着美源快快乐乐地煮饭烧菜口里念念有词，文茜有点奇怪地看着美源这样忙上忙下，问："你嘴里边一直嘀嘀咕咕说什么呢，我看你一直不停地在说话，你是在跟那些菜说话吗？"

美源一边笑嘻嘻地继续工作，一边说："是啊，我在夸它们长得很好，带着充足的生命能量，感谢它们等下要提供给我们这些美妙的生命能量。"

文茜说："真是搞不懂你，做个饭还这么神神叨叨的，不知道的还以为你疯了呢。"

美源笑说："你没看过《水知道答案》这本书吗？一杯水如果你对它说赞美的话，说我爱你，水就会结出美丽的结晶体；如果你骂它，水的结晶体就会特别糟糕。**人和植物的身体里都含有大量的水分，赞美和抱怨都会影响到生命能量场的改变。**"

"可是这些菜都已经死了呀。"文茜说。

"即使它们现在已经离开了土壤，也依然可以接收到信息，所以，**一个有爱心、真心热爱烹饪的厨师才能做出有感情的饭菜，否则就只有技术而已，你能吃到的也就是'好吃'而已，绝对尝不到感情的味道。**"美源笑着说。

"好吧，我今天就来尝尝你这个爱心大厨师做出的饭菜有没有感情的味道。"文茜笑着说。

"哈哈，你不也觉得我煲的汤特别好喝吗？我也教过你怎么做，可味道就是不一样，你不已经有这样的感受了

和美食有个约会

吗？"美源说。

"哎，是啊，我按你说的方法煲汤，但每次都做不出来你的味道，为什么呀？"文茜问。

美源笑说："那就是感情的味道。我特别喜欢煲汤的过程，喜欢一层一层放入不同调味料的过程，每次我煲汤都觉得自己像是在养育一个孩子慢慢成长，慢慢地看着它一点点长大，汤里就会有我对它的爱，味道当然不一样。"

文茜仔细回想着，说："好像你说的真有点道理，你做的东西确实特别好吃。"

"我说的是真的，每一种食物，不同的心情就会做出不同的情感味道。"美源笑着对文茜说，"不信今晚你仔细尝尝，我保证让你尝到约会的激情。"

"好吧，我等着。"文茜哈哈大笑。

美源信心十足地开始动手操作，每一个细节都专注想象着那是一场热辣酣畅的美丽约会，是她和美食之间的一场激情约会，而文茜将会在美食中体验到这一份热烈的爱。

温馨提示

🌹 1. 日历：**8月22日**

### 2. 生命数字：2、8

### 3. 生命数字密码

**2** 寓意着"双"，代表了女性能量和柔软的力量，它的提醒意义是，如果能够顺应、接纳、协调各种力量，就能更好发挥出合作的巨大能量。想要做到这一点，需要学习打开心门，用平和的态度去面对并接纳世间一切，那才是一个完整的世界。

**8** 代表着财富、权力、力量、控制、整合组织，8的数字能量能够推动一个人追求成功，眼光长远，规划宏大，具有很好的创造力，能够从无到有心想事成。它的提醒意义是关注细节，警惕在小事、细节上出错，敢于真实面对自己的一切，心想事成。

### 4. 唤醒激情的美食菜谱

### 青木瓜沙拉 　大溪水私家菜（大溪水美食环铁艺术城店专供）

**主　料：** 泰国青木瓜、粉丝、虾仁

**辅　料：** 芫荽（俗称"云南大香菜"）、蜂蜜、橄榄油、鱼露、蒜、红小米辣、柠檬汁（"绿的梦"牌）

大溪水所用食材普遍由专门的云南货供应商每周两次从昆明空运到京，但家中使用，在北京的锦绣大地批发市场和朝阳区新源街的菜市场都买得到（以下介绍

的大溪水其他菜品涉及的食材同此）。

　　青木瓜沙拉是一款泰国名菜，大溪水私家菜为了适应本地食客的口味，进行了本土化改良。

> **做　法：** 青木瓜切丝、粉丝煮熟、2～3只海白虾煮熟去皮去头尾备用。
>
> 　　将青木瓜、粉丝、剥好皮的海白虾装盘，加入芫荽橄榄油、鱼露、蜂蜜、蒜片、红小米辣、"绿的梦"牌柠檬汁拌匀即可。辅料比例依据自己口味定量，操作很方便，注意鱼露中含盐，所以不要另加盐。
>
> 　　这道菜清淡爽口，特别适合女性朋友。

# 15. 夏季的激情绽放

万物不停变幻而灵性恒定不变，永远处于这种宁静和喜悦之中。

勇敢的心选择磨难的人生。

"夏季的海滨最适合做原始能量的唤醒练习，让自己学习带着意识进入欲望，面对身体的本能冲动，感受这份能量，保持观察，让这份能量自行转化，蜕变成高等能量。如果没有合适的课程，一个人在海边住上几天，做一些简单的静心练习，也是件很美妙的事。"

8月中旬，Mike和Chomely去了希腊，从那里写邮件给美源，建议她去海边小住几天，给自己的身心放个假。美源看着他们在希腊拍的那些照片羡慕不已，可是自己的工作安排非常紧密，在国内走走都很困难，飞到希腊更是一种奢望，可是去海边的愿望却在不知不觉间种进美源的心底，等待着合适的机遇生长发芽。

"美源，我要带团去宁波，正好赶上那边有个开渔节，你有没有时间？我可以带你一起去，休息两天，一个团有两个免费名额，除了你自己要买东西，其他费用都免了。"文茜一进门就笑嘻嘻地对美源说。

"那边有海吗？"美源问。

"我们就住在海边，象山松兰山景区里面，窗户外面就是海。"文茜说。

"太好了!"美源情不自禁跳了起来,走过去给了文茜一个大大的拥抱。

3天后,她们一起站在热闹的海滩上,兴致勃勃地看着许多船等在海面上准备出发。这里正在举行开渔节的开船仪式,热闹非凡。

"宁波象山在长三角区的南边,三面环海,海岸线有800公里,有'百里海岸,千年渔乡'的美誉,2008年被授予'中国渔文化之乡'称号,2009年被文化部命名为国家海洋渔文化生态保护实验区,自古就有'开捕祭海'的民俗。听说在台湾省东部的本地传说里,妈祖娘娘、如意娘娘都是海神,象山石浦的妈祖娘娘是姐姐,台湾省小石浦村的如意娘娘是妹妹,所以这儿还搞过妈祖省亲迎亲仪式,据说特别轰动,可惜咱们没看到。"文茜说。

"能赶上'开捕祭海'也不错啊,我还是第一次看到这么原汁原味的民俗活动,真不错,谢谢你啊。"美源用肩膀很亲昵地轻轻撞了一下文茜的肩膀,笑着说。

"能让你喜欢可真不容易,你喜欢就好。"文茜也笑了。失恋以来,她第一次笑得有点开心的味道。

美源看到她的笑容,心里一动,想:海洋还真是别有魅力,才刚刚到这儿文茜就有了一些变化,我会有什么变化呢?

松兰山景区因为距离市区有一段距离,因此游人并不很多，到了晚上，偌大的海滩只有美源、文茜和另外1对情侣，非常安静，和白天的喧闹形成截然不同的强烈对比。美源、文茜静静地坐在海边，听着一波又一波的浪涛声。

"有什么好的练习在这儿能做的？介绍一下呗，你上了那么多的课。"文茜突然转过头看着美源说。

这是文茜第一次主动提出来要做练习，美源心里有着说

夏季的海滨可以唤醒你的原始能量

不出的一种快乐，她看着文茜说："什么也不做，就这样安安静静地坐着，关注你的呼吸，去听去感受这个世界，也许就会有意想不到的美妙事情发生。"

"好吧。"文茜回过头继续看海。

美源调整了一下身体姿态，干脆盘腿而坐，闭上了眼睛，渐渐进入禅定的状态，呼吸变得均匀缓慢，身体像花儿一样渐渐柔软下来，徐徐绽放，渐渐地，仿佛整个身体都幻化成海，融化在水滴里，又好像超然于水滴之外，那种感觉非常美妙，美源的脸上禁不住开始微笑。

不知道过了多久，美源感觉到自己的脐轮位置有一些温暖的能量，温柔地弥漫，然后开始沿着中脉徐徐上升，一直走到顶轮处，整个身体都好像被彻底洗涤，清澈明亮；那股温暖的能量在顶轮转了一个方向沿着中脉向下流动，依次经过喉轮、心轮、脐轮、密轮，美源只觉得一些宁静和喜悦从生命深处冉冉升起，她已经不复存在，整个身体都是空的，清澈透明，和天地自然融为一体，喜悦和宁静也充满了天地之间，她的血管里汩汩流动的也只有这种曼妙无比的宁静之喜。那一刻，她真的感受到了定，她很清晰地看到世间**万物不停变幻而灵性恒定不变，永远处于这种宁静和喜悦之中**。她可以看到自己的身体如何穿越一个又一个不同的时代、不同的故事，如何在那些故事里挣扎煎熬，而灵性一直都清醒而淡定，那不过是灵性自己选择的一个又一个不同的经历，修习不同的课程。

　　"**勇敢的心选择磨难的人生。**"Mike曾经说过的话突然在遥远的苍穹里轻轻响起。一行温热的泪悄悄落了下来。美源重新回到现实之中，内心充满了温暖和感动。

温馨提示

　🌹 1. 日历：**8月31日**

　🌹 2. 生命数字：**1、3、9**

　🌹 3. 生命数字密码

**1** 代表了原创性、新生、重生、男性能量、阳性能量、领导力、先锋力量，为了寻找自我、证明自我而存在。它所代表的提醒意义是，真实面对自信心的现状，做出调整，避免过度关注小我的需求而变成自私。

**3** 代表着表达、传递，是一种光之美。正向能量会带给人开心、愉悦、信任、创意、表达、新鲜等信息，能够帮助我们吸引到爱，获得很多人的关心和关注；它所代表的提醒是需要面对自己的情绪、解决情绪问题。

**9** 代表大爱，无条件地付出、人道主义精神、爱心/贴心服务等，它所代表的提醒是关注小事情，事情再小也要用心去做、做到极致，不要因为理想或梦想而迷失了自己。

### 🌸 4. 爱心提示

欲速则不达。越想得到就会离静心越远。打坐静心最好的方法就是无为而为，让自己专注呼吸，能量积累到一定程度自然会从量变到质变，体验到天人合一的美妙与完满。

在辽阔的海滩，最能感受天人合一的美妙

# 16. 做自己的设计师

做自己的设计师，可以是任何事情，服装、发型、甚至是一款香水的自主选择。你的一言一行，每一个细节都是在设计自己的人生。

"**我**不管，至少你得请我吃饭。" 美源看着子枫
笑吟吟地说。

子枫刚刚从英国回来，告诉美源她要结婚了，下周那个
英国绅士就要到北京来，他们准备在北京注册，再一起回子
枫老家拜见家长，然后就一起去英国，他们要定居在他的故
乡。子枫刚刚和他在那里待了一个多月，幸福得一塌糊涂。

走在小城的街道，一种回家的感觉

子枫的这段爱情非常传奇，就在廖先生课程的最后一个晚上，子枫睡不着觉半夜起来去上一个技术论坛，她从不发言也从不回应任何人，他和她一样，但那天他看见她就对她打了个招呼，鬼使神差的，她也就回了一个笑脸给他，两个人开始聊天，越聊越投机，彼此都觉得相见恨晚，当天就有了强烈的爱的感觉。随后就开始了隔空热恋，再后来子枫悄悄跑去英国见他，然后就是现在这个美妙结果。

看着子枫满脸满眼的幸福甜蜜，以往那个平和宁静完全不食人间烟火的女生全然不见了，美源忍不住感叹爱情的魔力，这一次子枫没有像以往那样笑美源花痴，而是很甜蜜地笑着连连点头。

"你们一定要请客！我给你做件旗袍，刚好我新买了一块布，红底，金色的腊梅，特别漂亮，我觉得你穿起来一定特别美，你就穿着旗袍请我吃饭，也算是我参加了你们的小型迷你婚礼。我手工很好的，多特别啊，纯手工制作。"美源执意要求子枫请客，还主动提出来给子枫量身做一件新旗袍。

"好吧，上次试穿你的旗袍我也觉得挺好看的，那就只请你一个人吧。我们本来不打算请客的，连我家里人都不打算请，现在就为你一个人举行一个小婚礼吧。"子枫笑着说。

美源闻言迫不及待地拉着子枫起身就走，带子枫回自己的住处去看那块布料，为子枫量身，准备开工赶在那位英国绅士到达之前把旗袍做好送给子枫做新婚贺礼。

　　看到美源飞速完成的设计样稿，子枫感慨地说："真的是不一样啊，换一种服装风格就像是变了一个人，换了一种新的人生。"

　　"那当然，所以，不开心的时候我会刻意改变自己的着装，用服装配饰来调整心情，效果还真是不错，我觉得以后我可以开一个课程，专门教女生怎样用服装配饰来调整心情。"美源美滋滋地说。

旋转木马，多少女孩子心中的童话

"你还可以开一个课程，教女生怎样通过衣服首饰、身体语言展现出自己想要的状态、创造自己想要的人生。我一直觉得你可以教很多女人怎么创造自己的美丽、寻找幸福。"子枫看着美源赞赏道。

"哈哈，那我以后就开一个女子学校，专门教女人怎样打扮自己，怎样赢得自己的幸福。"美源开怀大笑，完全沉浸在为子枫的未来设计美丽的快乐中。

给予，总是一件让人惬意无穷的乐事，尤其是对美源这种乐于付出、在奉献中获取自我价值感的人来说。

温馨提示

🌸 1. 日历：**9月9日**

🌸 2. 生命数字：**9**

🌸 3. 生命数字密码

**9** 代表大爱，无条件地付出、人道主义精神、爱心/贴心服务等，它所代表的提醒是关注小事情，事情再小也要用心去做、做到极致，不要因为理想或梦想而迷失了自己。

🌸 4. 爱心提示

做自己的设计师，可以是任何事情，服装、发型、甚至是一款香水的自主选择。你的一言一行，每一个细节都是在设计自己的人生。

# 17. 触摸自己的女性能量

粉色意味着爱情，而她刚才的反应说明她到此刻为止内心仍然在拒绝爱情，爱情又怎么会光顾她这个拒绝者。

子枫的婚讯让美源受到了很大触动，这种触动甚至远远超出了当她看到Joson身边的Anna以及和Mike手牵手双双出现的Chomely。从她和子枫成为朋友成为闺蜜开始，子枫对于激情、对于性爱的绝缘状态就像电影里的万年冰川一样，让美源印象深刻。可是就是这样一个对男人完全没有兴趣的女人，却突然遇到了她的理想伴侣，突然遇到了专属于她一个人的完美爱情，美源连嫉妒都找不到任何理由，只觉得自己突然被封在了半空中哪儿也去不了，那种有自由却又被严格禁锢的感觉非常糟糕，让美源不知所措，下意识地拼命给自己安排工作，用工作填满所有的空间，好让自己觉得安心一些。

同时，她又是那样由衷地为子枫感到喜悦，每天不管工作到多晚都会挤出一些时间为子枫缝制旗袍，那些时间又是美源最快乐的一刻。

眼看着旗袍渐渐成形，玫瑰色的布料处处绽放着一种喜悦，像子枫那张略带羞涩的笑脸，美源开始感觉到一些惆怅。"什么时候我才能有得遇知己和他牵手成婚的那一刻？"她忍不住发了一个短信给Chomely。

"给自己做一个光的观想吧，你愿意尝试粉色的光吗？"Chomely的短信回复随即而至。

"不！其他任何颜色都好。"美源立刻回复。

Chomely回给她一个调皮的笑脸，美源立刻恍然大悟，**粉色意味着爱情，而她刚才的反应说明她到此刻为止内心仍然在拒绝爱情，爱情又怎么会光顾她这个拒绝者**。美源忍不住笑了，立刻短信Chomely说："我要我要我要，我要粉色光，我现在就去尝试！"

Chomely发给她两颗红心和一个吻，署名是她和Mike两个人。

美源立刻开始行动，取出一张音乐碟，是她在意大利的时候Joson和Anna推荐给她的，主题叫*Yes, Only for You*，简简单单的一把木吉他，一架钢琴，一些自然音效，一个男人的轻声低语，每次美源听这张CD都会感觉像是安然倚靠在一个温暖宽厚的男性怀抱里，舒服、信任、踏实，她爱极了那种感觉。

美源打开窗帘，今晚有很好的月亮，月朗星稀。她在床上很舒服地坐下，让月光透过宽敞的落地窗毫无遮拦地撒在床上，撒在她的身上，闭上眼睛，关注自己的呼吸，让身体慢慢地融入到音乐之中、融入到皎洁柔美的月光里。

"想象你的面前有一朵花，仔细观察，看看那是一朵什么样的花，什么颜色，什么形状，那朵花就是潜意识里的你自己。"Anna的声音从美源的记忆里飘过来。她曾经带美源做过这个女性能量启发的冥想练习。

美源看到一朵粉红色的荷花，在月光下徐徐开放，渐渐地，还有一些清浅流动的香。

美源按照Anna给她的指导，想象自己沐浴在一片清澈明媚的粉色光芒里，爱像一颗美丽的红宝石从她的胸口向外散射着美丽的红色光芒。那朵粉色荷花在爱的光芒照耀下越长越大、越开越美，清幽的芳香也越来越馥郁，快乐地飘动着环绕在她的周围。

她感受到自己的身体里有一股温

罗丹作品，我给它取名为"幸福的恋人"

柔的能量渐渐苏醒，就像一个刚刚睡醒的美丽女子悠然张开一双黑色的眼睛，好奇地四处探望……

温馨提示

🌸 **1. 日历：9月21日**

🌸 **2. 生命数字：1、9**

🌸 **3. 生命数字密码**

　　**1**　代表了原创性、新生、重生、男性能量、阳性能量、领导力、先锋力量，为了寻找自我、证明自我而存在。它所代表的提醒意义是，真实面对自信心的现状，做出调整，避免过度关注小我的需求而变得自私。

　　**9**　代表大爱，无条件地付出、人道主义精神、爱心/贴心服务等，它所代表的提醒是关注小事情，事情再小也要用心去做、做到极致，不要因为理想或梦想而迷失了自己。

🌸 **4. 爱心提示**

　　可以随意选择自己喜欢的背景音乐，以轻柔舒缓为主。如果暂时感受不到光的存在，接受自己的现状，假以时日反复练习，感觉会渐渐敏锐，感受也会越来越丰富、越来越细腻。

# 18. 神奇的清扫力

外部环境其实就像是我们身体的延伸，每一个地方都有不同的情绪透射意义。比如，卧室、梳妆台、特别是衣柜，多半都和情感有关；卫生间和隐私有关；下水道寓意着人际关系；客厅寓意着事业和公共关系……经常做做环境清理，清洁的环境不仅能够带给你愉悦感受，还能帮你维护积极正向的能量场。

"美源，能帮我一个忙吗？帮我看看穿什么好。衣柜里明明有那么多衣服，穿的时候还是觉得不知道穿什么好，真是像人家说的那样，女人的衣服永远都少一件。"文茜站在美源的房门外，对美源说。今天她要去参加一个朋友的婚礼，一大早就开始翻箱倒柜，现在已经临近正午，她却还没有选好服装。

美源放下手上的工作，和文茜一起去了文茜的房间，帮她选了一套鹅黄色的拖地长裙，上配一件玫瑰红的紧身开衫，一对绿紫色的孔雀翎耳环，一个深绿色的珠串手镯，长发瀑布一样直接散落在背后，妩媚而不妖娆，尽显文茜的女性魅力。

文茜欢天喜地地走了，美源忽然想起什么快步走回自己的卧室，打开自己的衣柜，做了一个深呼吸，决定动手做一次彻底的清理。

她先把所有的衣服都扔在床上，凡是2个月以上没有碰过的统统放在一边，剩下的再按照季节有秩序地整齐码放。

2个月以上没有碰过的衣服至少是剩下衣服总量的2倍之

多。美源第一次这么直接清楚地看到自己是以怎样的方式挥霍浪费。

她把那堆准备清理掉的衣服按季节分成堆，找了几个整理袋整整齐齐收好，准备送给楼下社区里那对收废品的夫妻。

接下来开始清理鞋子、首饰。最后把房间里里外外犄角旮旯全都彻彻底底地清扫了一遍，用84消毒液擦了地板，看着窗明几净的房间，像是换了一个新的住处，喜悦如花在心里灿烂绽放。

美源打电话叫来了那对收废品的夫妻，对他们说自己整理了一些用不着的衣服首饰，如果他们愿意要就可以全部拿走。

那对夫妻看看袋子里的东西，很高兴地收下了，对美源连声道谢，大包小包扛着背着走了出去。看着他们离去的背影，美源仿佛看到他们带走了自己的烦恼和过往伤痛，新的生活就像她整洁一新的房间一样，明亮亮地崭新开始。

"外部环境其实就像是我们身体的延伸，每一个地方都有不同的情绪透射意义。比如，卧室、梳妆台、特别是衣柜，多半都和情感有关；卫生间和隐私有关；下水道寓意着人际关系；客厅寓意着事业和公共关系……经常做做环境清理，清洁的环境不仅能够带给你愉悦感受，还能帮你维护积极正向的能量场，环境整洁干净的重要性，远远超出你现在的所想。即使是和别人一起同住，不管别人怎么做，你都要为自己多做一些清洁整理工作。"

上次Anna和Joson来美源的住处做客，临别时Anna悄悄提醒美源，她看到文茜对于公共环境的不在乎，知道美源在这样的情况下难免有时会有些计较，可能就会赌气不去打理公共区域的卫生。

美源惊讶于Anna的细心和敏锐，牢牢记住了Anna的这席话，从那天开始美源只去关注这个地方是否干净整洁，不再计较文茜到底做了多少自己做了多少。在她的影响下，文茜也渐渐开始做些清洁工作，两个人的关系反而比之前更加亲密要好，也算是美源的一个意外收获。

**温馨提示**

❀ 1. 日历：**9月30日**

❀ 2. 生命数字：**3、9**

### 3. 生命数字密码

**3** 代表着表达、传递，是一种光之美。正向能量会带给人开心、愉悦、信任、创意、表达、新鲜等信息，能够帮助我们吸引到爱，获得很多人的关心和关注；它所代表的提醒是需要面对自己的情绪、解决情绪问题。

**9** 代表大爱，无条件地付出、人道主义精神、爱心/贴心服务等，它所代表的提醒是关注小事情，事情再小也要用心去做、做到极致，不要因为理想或梦想而迷失了自己。

### 4. 爱心提示

外部环境是内心世界的心理投射，外部环境的清理，同时也是对自己内在世界的一次清理。所有的物件都有我们无意间赋予的情感寄托，清理掉那些用不到却舍不得的物件，实际上也是在清理自己以往的心理负担。清扫生活环境，是在用行动影响内在世界。

古老的城墙下一簇盛开的鲜花

# 19. 个性化告别典礼

仪式并不只是一个行动，而是对自己的一次检验。

心灵就像这个水杯，如果里面是满的，新的水就无法注入其中。想要装进新的水，唯一的方法就是首先清空这个水杯。

"**亲**爱的Moly，你还记得Kushi吗？你们曾经在一起做了很多练习，下个月初我们要去参加他的婚礼，新娘你也认识，就是Fang，他们在我的那个课程里认识，后来就在一起了，Fang为了Kushi辞去工作跟着他去了加拿大，和Kushi在一起学习工作，他们相处得很好，很快乐。现在，他们邀请我们去参加他们的婚礼，Svarup和Prematha也接到了邀请，还有Joson和Anna，我们会在那里会合。我们很希望你也能来参加Kushi和Fang的婚礼，也许你会在这里遇到一个很不错的加拿大男人，像Fang一样留在这里努力成为一个来自中国的加拿大女人，呵呵。爱与祝福。"

Mike和Chomely的邮件就像是往平静的湖面上投了一块大石头，迅速撞击出一层层涟漪。美源的记忆顿时被快速搅动，在深圳的那几天，她和Kushi的互动交往，以及谁会是那个叫Fang的女生。美源把所有能够想起来的记忆碎片拼凑在一起，终于想起了一个女生，风情万种，黑色的卷发长长的散落在背上，整个人从头到脚都散发着一种活力，很原始却很真实的活力。她对于男人的热爱让美源觉得不可思议，美

灿烂明媚的建筑恰如爱的殿堂

源一直觉得她对男人的品位有问题，对她敬而远之，很少和她搭话来往。她知道Kushi喜欢上了班里的一个中国女生，也知道后来他一直在和那个女生谈恋爱，他要在下个月结婚她也知道，Kushi一直和美源有邮件往来，只是她怎么也没想到那个让Kushi愿意牵手共度余生的女人竟然会是Fang，那个中文名字叫明芳的云南女子。

明芳确实像她的名字一样明艳芳香。美源不得不在心里重新审视这个云南女子，感叹造化弄人。子枫、明芳，这些在她生命中出现的熟悉的、不熟悉的女人们，在她和她们相遇的时候，她们和她一样都是孤身一人，可是转眼之间她们各自都找到了自己的爱情归宿，只有她还是茫然一片，完全看不到任何希望所在。

　　"我不确定我会去参加婚礼，也许不会吧，现在我比任何时候都更强烈地想要遇到一个好男人，我想结婚，像你们一样，有一个甘心情愿牵手共度的人。"美源给Mike和Chomely回信说。

　　"亲爱的Moly，我还记得你的整个故事，我想知道，你是否已经开始为自己做告别仪式？要知道，**仪式并不只是一个行动，而是对自己的一次检验**，你是否真的愿意、并且能够告别过去，干干净净地从现在开始，给未来留出时间和空间，在告别仪式中你将非常清楚地看到并感受到，你的内心是否还有一些牵绊。"Chomely的回信像天使一样翩然降临，让美源在一片混沌中突然看到一片光明。她决定立刻开始行动，为自己做一个独特的告别仪式，了结那些未完成的意愿，告别过去，给自己的未来留出足够的时间与空间。

　　**"心灵就像这个水杯，如果里面是满的，新的水就无法**

海边的小舟静泊待发

注入其中。想要装进新的水，唯一的方法就是首先清空这个水杯。"Chomely在邮件里的话柔软地回响在美源的脑海里，她把这句话牢牢地记在了心底。

温馨提示

✿ 1. 日历：**10月11日**

✿ 2. 生命数字：**1、3**

✿ 3. 生命数字密码

**1** 代表了原创性、新生、重生、男性能量、阳性能量、领导力、先锋力量，为了寻找自我、证明自我而存在。它所代表的提醒意义是，真实面对自信心的现状，做出调整，避免过度关注小我的需求而变得自私。

**3** 代表着表达、传递，是一种光之美。正向能量会带给人开心、愉悦、信任、创意、表达、新鲜等信息，能够帮助我们吸引到爱，获得很多人的关心和关注；它所代表的提醒是需要面对自己的情绪、解决情绪问题。

✿ 4. 爱心提示

告别仪式没有一定之规，完全由练习者独立设计，独立完成。只有个性化的自主设计、独立完成，才能够最大限度地释放压抑的情绪、让那些未了结的意愿在这个过程中获得圆满，启动潜意识的自我完满功能。

# 20. 改写自己的人生剧本

　　为自己列一张清单吧，把所有不开心的经历，对自己的责备，统统写下来，然后一点一点把这些纸撕得粉碎，想象这些过去都被你撕成了碎片，扔进马桶里彻底冲走。然后再为自己设计一个新的生命蓝图，从现在开始，你希望自己拥有怎样的生活，能通过怎样的方式去实现。

"如果你的生命还有最后一个月，你会做什么？"Chomely兰香般的声音从电话里飘进美源的耳朵，直入美源心底，如一记重锤，美源陡地一震，打了个冷战。

这些天她又开始感觉到那种无意义感，虽然还可以继续工作，每一项工作也都能完成得不错，像往常一样赢得赞赏，可是在她的内心深处一直萦绕着一种无意义感，这种感觉让她在完成工作时不得不投入更多的时间和精力，结果却是事倍功半，效果并不如她预期的那么理想。

她本想靠自己搞定这一次的情绪低谷期，却似乎一直不见成效，不得不试着打电话向Chomely求教。

"去英国找子枫，确认她还活着，哪怕活得不好。"美源脱口而出，她被自己的声音吓了一跳，她没想到子枫的离去竟然对她有这么大的影响。

Chomely耐心地等待着。

美源把子枫的故事原原本本讲了一遍。

自从在文茜朋友的聚会上相遇相识，美源和子枫两个人一见如故很快成了好朋友。美源一直游说子枫找个好男人谈谈恋爱，子枫一直笑美源心不静要她坚持打坐静心。没想到廖阅鹏老师的课程结束仅仅一周之隔，子枫忽然告诉美源她真的恋爱了，通过网络论坛认识了一位英国绅士，两人一见如故，彼此都像是看到另外一个异性身体的自己，一切都惊人地相似、惊人地熟悉。子枫告诉美源她现在真的体会到了美源一直对她说的那种感觉：你遇到一个人，你很清楚地知道那就是你一直在等的人，你满脑子满心满怀就只有一个念头，你只想一猛子扎进他的怀里这一辈子再也不出来。子枫说完这些话就去了英国，一个月后再回来，满脸甜蜜，告诉美源她要结婚了，他已经在办手续来中国，他们准备在中国结婚然后回英国定居。那段时间美源一直在忙一个新设计师的作品发布会，偶尔接到子枫的电话也都是匆忙问候然后匆匆挂掉，直到20天前看到子枫的邮件才知道她已经走了，现在人在英国。

"原来你总是说我太冷我还很不以为然，直到我遇到他，我才开始觉察你是对的，原来我一直把自己的情感封冻得那么深那么久，是他融化了我内心的坚冰。我们都以为这一次我们真的找到了属于自己的幸福，这一辈子我们再也不会让彼此丢失，我们谁都没想到我们的相处竟如此短暂。他在来中国的那天晚上病故，因为心脏病突发猝死在机场。他弟弟打电话告诉我这个消息，我甚至不能相信这是真的。那段时间我曾经试过打电话给你，想和你聊聊，我从未试过这样的心痛，可是那段时间刚巧你很忙，打了几次电话都没有人接，有时候你回电话过来又很晚了，我这里讲话也不方便，所以后来就放弃了，不过这样也好，让我可以有更多的时间和我自己待在一起，也能想清楚很多事。那段时间我真的不想再活了，现在不再这样想了，但我还是要去一趟，虽然他的身体消失了，可我相信他的灵性依然在，我想完成我们的共同心愿，我要和他继续生活在一起，在他的家乡，他喜欢的那些地方继续生活在一起。"

子枫在邮件里轻描淡写地讲述了她和他的故事结局，像她平时的神情姿态，平和宁静，美源却从中读到了子枫曾经有过的深重的绝望。她恨透了自己为什么那个时候没有及时接听子枫的电话，在子枫最需要支持的时候她却不在，这份自责犹如天山巨石死死地压在美源的心里，每次想到都是痛。美源给子枫回了邮件，发短信给子枫，统统都杳无音信，这让美源更加担心，不知道子枫是否安然无恙。子枫的这次恋爱，除了美源谁都不知道，子枫和家里人也一直没有联系，现在子枫完全消失在英国，美源想要向其他人询问子枫的下落都无从查起。

"如果我的生命还有一个月，我会先把国内的事情安排好，然后去英国找子枫，就算找不到客死异乡我也认了。"美源说。

　　"你在找的是子枫，还是那个曾经渴望帮助却一直没有得到帮助的你自己？"Chomely继续问。

　　美源的心又被重重地锤了一下，小时候的样子立刻浮现在美源眼前。那时候的她是那么的无助孤单，满心渴望着家人的支持，但所有的家人都离她远远的，没有人用心去关注她的存在，就像刚刚得到噩耗时的子枫一样，她只能靠自己支持自己，度过一个又一个漫长的黑夜。

　　美源的心痛得揪成一团，泪流成河。

　　**"为自己列一张清单吧，把所有不开心的经历，对自己的责备，统统写下来，然后一点一点把这些纸撕得粉碎，想象**

落叶过后将是新枝勃发

**这些过去都被你撕成了碎片，扔进马桶里彻底冲走。然后再为自己设计一个新的生命蓝图，从现在开始，你希望自己拥有怎样的生活，能通过怎样的方式去实现，**实现了你会有哪些感觉？然后想象自己已经拥有了这样的生活，大声地对自己说：'我已经实现了自己的理想！'从今天开始每天临睡前仔细阅读自己的新生活，对自己说一声'感谢'，让你的潜意识学习接受新的信息，创造你的新生活。"Chomely说。

"子枫有她自己的生命蓝图。相信她能够自己把握自己的创意之笔。我们一起为她祝福吧，我想，这是目前我们能够做到的最好的事。"沉默了片刻，Chomely接着又说。

美源握着电话渐渐停下了哭泣。她和Chomely道了再见挂断电话，找出纸和笔，先写了一份遗嘱，留给自己的母亲，然后开始设计自己的新的生命蓝图，她已经看到许久以来她也一直在忽略着母亲，所以在未来的岁月里，她会为了自己、为了母亲更好地关照自己，为未来创造条件，让自己有机会、有条件、有能力给母亲带去快乐和温暖，那些她一直都渴望从母亲那里收到的无条件的爱。

## 温馨提示

✿ **1. 日历：10月23日**

✿ **2. 生命数字：1、3、6**

✿ **3. 生命数字密码**

**1**　代表了原创性、新生、重生、男性能量、阳性能量、领导力、先锋力量，为了寻找自我、证明自我而存在。它所代表的提醒意义是，真实面对自信心的现状，做出调整，避免过度关注小我的需求而变得自私。

**3**　代表着表达、传递，是一种光之美。正向能量会带给人开心、愉悦、信任、创意、表达、新鲜等信息，能够帮助我们吸引到爱，获得很多人的关心和关注；它所代表的提醒是需要面对自己的情绪、解决情绪问题。

**6**　代表着爱心，是一种精致之美。正向能量是善良、关怀、服务他人、责任心、重视家庭、发自内心的付出，它可以让感情变得敏锐、细腻，它所代表的提醒是放下期待回报的执念，付出只是因为爱。

# 21. 与爱建立内在联结

不管我们的身体在哪里，在生命深处，在灵性的世界里，我们的内在永远都有着深深的联结，感受着彼此的感受，呼吸着彼此的呼吸。

"嗨，Moly，很高兴见到你。"美源才刚刚走出机场，Joson浑厚有力的声音就迎面扑来。在他的身边站着满面笑容的Anna、Mike和Chomely。

"很高兴看到告别仪式对你有这么好的帮助和支持，我知道你一定会来。"拥抱的时候，Chomely在美源的耳边轻声说道。美源忍不住把她抱得更紧一些，久久不愿放手。这个美丽的英国女人，在这段时间里已经成了她生命中不可缺少的一部分，她在母亲身上从未得到的那些爱，在这个英国女人的身上统统得到了温暖的满足。和Chomely相比，Anna更像是一个朋友，一个你知道她就在那里，即使许久不联系也依然会关心你、支持你、在你需要帮助时给你援手的一个知己。

"Kushi不知道是否应该邀请你，他觉得你好像不喜欢Fang，Fang就请我们代为邀请，她说你一定会接受我们的建议来为他们祝福。"上了车，Joson向美源解释为什么Kushi没有直接邀请她参加婚礼。"你介意我问你为什么不喜欢Fang吗？我想你现在已经有了答案。"Joson继续说。

　　美源笑着看了看大家，很坦率地说："是，在深圳的时候我确实不喜欢她，我觉得她很俗气，太喜欢男人了，对男人几乎不挑不捡全部都喜欢。我真的不明白Kushi为什么会爱她。"

　　四个人都笑了，继续听美源说下去："Chomely让我做告别仪式，我做了，在跟自己的过去告别时我才发现，其实我根本就不想跟陈诺说再见，我一直都舍不得让他走，那个告别对我来说太难太难了。我也知道了我为什么一直对男人都没兴趣，无论什么男人我都能挑出一大堆的问题，如果不是你们各自都名草有主，如果你们两个真的来追求我，我也一样会千挑万挑地找一堆不合适的理由最后拒绝，就像我对Kushi的状态一样，我觉得他很好，可是对他没有兴趣，可是如果他归属了别人，头脑又会告诉我，我失去了一个多么好的结婚机会，让我很懊悔。我也是在告别仪式里才意识到，我不喜欢Fang，就是因为她太有活力了，太热爱男人，那种生动活泼的原始生命力是我所没有的，也是我不敢面对和接受的，我从小就被母亲教训女孩子必须矜持，否则就很卑贱，是被看不起的。我太习惯了母亲给我的那些观念，到现在依然生活在那些观念里。这个告别仪式真的让我看到了许多以前我没有看到的事实真相，非常震撼，也非常有帮助，整个人就像从头到脚、从里到外统统都被彻底清洗了一遍，从内而外都被换了一个新的身体，太棒了！谢谢你，Chomely。"

"我们会给你一个更大的惊喜，准备好了。" Chomely有些神秘地说。Mike和Joson也都笑而不语，甚至连一向平静平和的Anna也露出神秘的笑容，让美源对即将发生的事充满了好奇和期待。

Kushi和Fang的婚礼在Siena举行，这里离Miasto很近，方

便朋友们从世界各地来此会合，这个地方对每一个在Miasto住过的人都别具意义，对美源更是如此，这里是她第一次遇到Joson和Mike的地方，她的人生从这里开始发生接连的转折。

　　明芳依然热力四射，但美源现在看到的只有美，一种别样的极具感染力的美，她开始了解Kushi为什么会爱上这个充

这里向人们诉说着多少故事

满原始动力的中国女人，她在心里由衷地为他们深深祝福。

"嗨，美源，你能来我特别开心，你不介意我拥抱你吧？"看到美源，明芳很热情地走过去大大方方地说。

美源很真诚地给了明芳一个温暖的拥抱，向她道了声祝福。明芳顺势拉着美源的手对大家说："走吧，都已经准备好了。"

一群人向别墅里走去，客厅里已经坐着站着有很多人，看到他们进来一起鼓掌，其中很多人都是Joson他们的老朋友，自然立刻混在一起，明芳一直拉着美源的手，逐一把她介绍给那些人，让美源感受到足够多的温暖和重视，美源在

恬静如画

心里感动不已，对明芳更多了一些爱和尊重。

　　一大段时间的问候结束，Kushi牵着明芳的手一起站在楼梯上开始致词："感谢各位的光临，能够得到你们的爱和祝福，是我和Fang的莫大荣幸，今天有一位特别的嘉宾，我非常感谢她愿意从很远的中国北京来到Siena给我们祝福，为了向她表示感谢，我们特意准备了一个小活动，通过'生命树'的练习把我们的爱毫无保留地送给她，祝福她心想事成。她就是Moly!"

　　屋子里所有的目光都聚焦在美源的身上，让她非常意外，虽然她完全不知道"生命树"是一个怎样的练习，但仅是这个名字已经让她感受到很多的温暖和支持，感动再次充满了她的整个胸膛。

　　音乐在房间里回响，像绵延不断的山峦，充满温柔的力量。Kushi做着引领，所有的人都在Kushi的引领下手拉手站成一个圆圈，他们闭上眼睛开始想象自己是一棵参天大树，沐浴着充足的阳光雨露茁壮成长，他们的枝叶在空中交织成片，他们的根在泥土深处汲取着丰富营养联结成网，每个人都在呼吸间传送着爱、接受着爱，爱的能量如虹在每个人的身体里汩汩流动，温暖着每一个身体、每一个心灵。

　　**"不管我们的身体在哪里，在生命深处，在灵性的世界里，我们的内在永远都有着深深的联结，感受着彼此的感受，呼吸着彼此的呼吸。"** Kushi的声音如钟如磬穿透美源的身体直接深入到她的心灵深处，那常常让她觉得遥不可及的地方。

感动的泪在美源的脸上肆意流淌。她可以清晰地感受到有一个人，那个她一直用生命在等待的人就在她的身边，在离她不远的地方温柔地注视着她，眼睛里充满了关心和爱。

温馨提示

1. 日历：**10月29日**

2. 生命数字：**3、9**

3. 生命数字密码

**3** 代表着表达、传递，是一种光之美。正向能量会带给人开心、愉悦、信任、创意、表达、新鲜等信息，能够帮助我们吸引到爱，获得很多人的关心和关注；它所代表的提醒是需要面对自己的情绪、解决情绪问题。

**9** 代表大爱，无条件地付出、人道主义精神、爱心/贴心服务等，它所代表的提醒是关注小事情，事情再小也要用心去做、做到极致，不要因为理想或梦想而迷失了自己。

4. 爱心提示

"生命树"的练习人数不限，一个人也可以独立完成，但必须在一个安全的环境里完成，确保中途不会被人打扰。尽量选用专业灵性音乐。

第三篇

# 与内在小孩共同成长

⋮

# 22. 愿望板，未来与现实的联结桥梁

人总要向前走的，没有人能够制止时间。

图片是去呈现自己的内在愿望的最好的方式，它可以让冥想练习更直接、更有目标指向性、更精确，对于潜意识来说，指令越简单、越直接、越清晰，潜意识接受起来就越容易、记忆也越深刻，自然更容易发挥功效让愿望成为现实。

"嗨，Moly，这些天还好吗？希望你在意大利有一个愉快的私人假期。"临近中午的时候，Chomely的短信翩然而至。美源一个人坐在半山腰正在看风景，Chomely的短信让她略略有些意外，Kushi和明芳婚礼的第二天，Joson和Anna去了米兰，Mike和Chomely跟随他们的老师Svarup和Prematha去了俄国，Svarup和Prematha在那边有一个原始治疗的治疗师专业培训工作坊，Mike和Chomely去给他们做助教，这个时候正是他们的课程时

暖意浓浓的咖啡屋

间，美源没想到他们在这个时间里还能想到她。

"还不错，现在我在一家很棒的餐厅，在半山腰看风景，咖啡很香，有一种丝般的柔滑，让我很想找个人谈段恋爱，很奇怪也很美妙的感觉。"美源回复。

"开始动手为自己做一个愿望板吧，每天看看，为你的潜意识助一臂之力。"Chomely的回复随即而至。

美源做了一个深呼吸，回复Chomely："是的，我想我也应该做这件事了，**人总要向前走的，没有人能够制止时间。**谢谢你。"

制作愿望板是Chomely早就教过美源的，美源一直没有心思去做，Chomely也没有追问，她知道美源还需要更多的时间。美源在短信里说的正是Chomely一直在耐心等待的事：美源对陈诺的那份爱。无论美源看起来有多少改变，她对陈诺的爱并没有真的改变过，陈诺一直都在她心里牢牢地占据着全部的位置，所以美源才会对其他男人完全没有兴趣，即使看到好男人，也只是看到而已，并不动心。Kushi就是看到了这一点，才会和明芳擦出爱的火花，在明芳之前让他动心的正是美源。

回到酒店，美源立刻坐下来开始上网搜索图片，Chomely对她说过，**图片是去呈现自己的内在愿望的最好的方式，它可以让冥想练习更直接、更有目标指向性、更精确，对于潜意识来说，指令越简单、越直接、越清晰，潜意识接受起来**

**就越容易、记忆也越深刻，自然更容易发挥功效让愿望成为现实。**

　　美源在网上找了很久，终于找到一个很帅的模特，干干净净的白衬衫，蹲在甲板上，笑得阳光灿烂。他的脸形和陈诺完全不像，身材也比陈诺更健壮，似乎和陈诺毫无关联。美源决定用他来做未来另一半的模板，随后又下载了很多浪漫情侣的甜蜜照，做成一个美丽的画面，用来表示她所期待的新的爱情：健康帅气的男人，甜蜜烂漫的二人世界，盛大隆重的婚礼，可爱的孩子们。她想要一个完整的属于自己的大家庭。

　　美源每天打开电脑后、关闭电脑前都会看着自己亲手制作的这幅愿望图，想象自己已经拥有这样的生活，每次她都觉得很好笑，像是在表演一幕非常夸张的舞台剧，所有的语言都不过是别人写好的台词，她只是照着念而已，那幅图上的一切都与她没有丝毫关联。可是在一周之后，她突然开始有异样的感觉，好像那些生活是真的，那个高大帅气的男人就是她的丈夫，那些可爱的小天使们就是她的孩子，她甚至可以感觉到孩子们的笑脸就在她的眼前，她可以听到他们稚嫩的声音在叫她"妈妈"，他们的笑声如银铃一样环绕在她的身边……

　　"我疯了吗？"每每这时，美源总会这样问自己，她试图说服自己那些感觉完全是幻觉，可能是她最近太过疲惫，可能是工作太多，可能是其他任何有可能的原因，然而那种真实感却完全无视她的这些可能，完全不受任何控制地越来越强烈……

温馨提示

🌿 **1. 日历：11月10日**

🌿 **2. 生命数字：1、3**

🌿 **3. 生命数字密码**

**1** 代表了原创性、新生、重生、男性能量、阳性能量、领导力、先锋力量，为了寻找自我、证明自我而存在。它所代表的提醒意义是，真实面对自信心的现状，做出调整，避免过度关注小我的需求而变得自私。

**3** 代表着表达、传递，是一种光之美。正向能量会带给人开心、愉悦、信任、创意、表达、新鲜等信息，能够帮助我们吸引到爱，获得很多人的关心和关注；它所代表的提醒是需要面对自己的情绪、解决情绪问题。

🌿 **4. 爱心提示**

用图画表达自己想要的未来生活状态，每天早晚各看一次，每次至少5分钟，想象你已经拥有这样的生活，让潜意识习惯新的生活状态，它才会创造新的行为习惯去吸引和适应新的生活。

# 23. 女性意识的复苏

等你学会了接受，你会发现接受和付出一样都可以让你感受到温暖和舒旎。

3天前Chomely给美源发过来几张照片，其中一张照片是Chomely、Mike和Savrup、Prematha的合影，Chomely的身边还站着一个陌生男人，美源第一眼看到他立刻失声而笑，她简直不敢相信自己的眼睛，他完全就是美源愿望板上的那位帅哥，样貌身材气质一丝不差。美源立刻打电话过去问Chomely这个人是否曾经做过模特或现在还在兼职做模特，Chomely的回答是No，告诉她这个男人叫Zahiro，Prematha和Svarup的好朋友，刚好也在俄国所以就去看他们，他是一位非常优秀的建筑设计师，喜欢音乐和绘画，有非常好的直觉力，还在一家慈善基金会做义工，所有人都很喜欢他。

美源把自己做愿望板用的那张照片发给Chomely，Chomely回复给她一个大大的笑脸，告诉美源Zahiro最近要去北京，问美源是否愿意见他。美源干脆利落地回答她："当然愿意！"

Chomely给Zahiro写了一封邮件，同时抄送给美源，告诉Zahiro她在北京有一个好朋友叫美源，一个非常可爱的女孩子，如果Zahiro有时间可以代她请美源晚餐，也可以请美源为他做向导带他游览北京，如果美源也愿意的话。Chomely把美源的电子邮件地址写给Zahiro，让他自己决定是否要联系美源。

Zahiro的邮件随后即至，向美源简单做了自我介绍，邀请美源一起晚餐，并请求美源能够为他做导游，至少向他介绍一些有意思的地方，包括美食。

美源就这样认识了这个名叫Zahiro的比利时男人。

Zahiro住在中国大饭店，离美源的住处并不遥远，可美源还是特意起了个大早，很用心地选择了一套银灰色的正装连衣裙，既能显现出她的窈窕身材，又不失端庄。她和Zahiro约了一起午餐。和一个陌生男子单独晚餐，这样的事情对美源来说总觉得过于严重，让她有约会的感觉，让她不安。

从早晨开始美源的心里就一直有些忐忑，对接下来的场面有些好奇，有些期待，也有些紧张。Zahiro的突然出现，就像一个奇迹，美好得那么不真实，这实在是美源从未有过的体验，她身边的这些闺蜜们也都没有过类似的体验，没有人能给她有效的建议。

酒店大堂里很安静。美源的心怦怦地跳了起来，环顾四周寻找那张熟悉的面孔。

"嗨，我是Zahiro，我想你一定就是Moly，对吗？"一个高大英武的年轻男子出现在美源的面前，低沉浑厚的声音如磁石一样牢牢吸引了周围所有的目光。

站在美源面前的Zahiro真人版比他在照片上看起来至少年轻十岁，美源有点不敢相信这个Zahiro就是照片上的那个Zahiro，可他知道自己的名字，足以证明他的确是。

"嗨，你好，我是美源，哦，Moly。"美源略略迟疑了一下，有些慌乱地说。

"看起来你对我似乎不太满意。"Zahiro看着美源用开玩笑的语气说，想要缓和一下气氛，他感觉到了美源的动摇和不确定。

美源的脸一下子就红了，她不知道该怎么回答才好，正尴尬的时候听到Zahiro笑着说："别担心，我确实是Zahiro，从Chomely那里得到你的信息，现在我们可以走了吗？我记得你说要带我去品尝西藏菜，对吗？"

"哦，是，我们去吃西藏菜，那是一家非常好的餐厅，我们走吧。"美源接应着顺势走出困窘，带着Zahiro走出酒店，坐上计程车去了她常去的一家西藏餐厅。

"你比照片上看起来要年轻很多。"点好菜，美源才从恍惚中清醒过来，看着对面这位英俊青年说。

"哦？"Zahiro做了一个未置可否的表情。

"你喜欢西藏吗？"美源换了一个话题。她可以很清晰地感受到自己的内心有些失望。她确实很喜欢他这样类型的男人，可她从不对年轻男人动心，她也从未想过自己将来会找一个比自己年轻的男人做伴侣。

优雅的生命让美景更加怡人

　　Zahiro很有兴趣地观察体会着美源的细微变化，说："喜欢，西藏非常神秘，也很美，我曾经去过西藏，去过两次，第一次是去拉萨，第二次是去牧区，非常美，我非常喜欢。你呢？喜欢西藏吗？"

　　"当然喜欢。不过我不怎么喜欢拉萨，太商业化了，我更喜欢牧区，那些还没有开发的地方，比较原始。中国的传统文化只保留在那些还没有开发的地方，一旦开发，也就开始失去历史。"美源说。当她谈到传统文化的流失时，脸上焕发出一种光彩，深深吸引了坐在对面的Zahiro，他们在传统文化的保护与传承上找到了共同话题，相谈甚欢，很快成了可以畅所欲言轻松对话的朋友知己。

开心的时候时间总是过得很快，转眼一周时间已经过去，Zahiro的归期在即，他们约在朝阳公园里面一起晚餐，晚餐结束后Zahiro提议一起在公园里散散步，美源没有拒绝，跟着Zahiro向湖边走去，Zahiro一会儿看着天上的月亮，一会儿看看美源，一边还在不断提醒美源小心脚下的路，走到湖边时停下来，看着月光下的美源，笑着说："你真的很像个女人，而且是一个非常漂亮的女人。"

美源皱着眉头看着他，不解地说："我就是个女人。"

Zahiro看着美源笑得像春日午阳温暖灿烂，他轻轻地摇摇

罗丹作品

头，看着美源的眼睛，似乎要一直看到她的灵魂深处，温柔地说："你有一个美丽的女性的身体，但在这个身体里面涌动着的是男性能量，你的女性能量就像一株等待萌芽的含羞草，敏感纤细，却有着很强的韧性，如果你可以让她生长发芽，她就会把你带入另一番全然不同的天地，你会体验到更多不一样的美丽，那也是一种力量，温柔、温暖的力量，完

全不同于男性能量所带给你的坚硬和刚强，女性能量就像大海，有着广阔无垠的宽容和包容性、接受性。现在的你，还不敢接受，你还没有学会享受别人的付出和给予，**等你学会了接受，你会发现接受和付出一样都可以让你感受到温暖和旖旎。**"

美源傻傻地听着，Zahiro的这番话字字敲击着她的心灵，让她一次又一次地如梦初醒，每一句都为她打开一扇门，光和爱立刻就照射进来，她的内在世界就这样在短短的瞬间被照得透亮。她似乎看到在她的内心深处有一个柔软的地方在涌动，一棵青嫩的小苗努力地从土里探出头来，好奇地打量着这个新鲜的世界。她的眼睛湿润了。

"过来，Moly。"Zahiro对美源伸出手臂，美源上前一步走进他的怀抱，Zahiro用双臂轻轻环绕着美源的身体，一只手轻柔地抚弄着她的长发，像一个慈祥的父亲在抚慰自己最年轻的小女儿，无限疼惜。

起初美源还是习惯性地抗拒着Zahiro对她的爱抚，身体僵硬，渐渐地，她开始接受Zahiro对她的疼惜，身体也慢慢地柔软松弛下来，她可以很清晰地感受到Zahiro对她的关心和爱像一股暖流从他的身体里源源不断地流淌过来，进入她的身体，在她的身体里自由流动，激活唤醒着她身体里的每一个细胞记忆。那就是爱。她已经不记得有多少年她都没有过这样的感觉，有多少年她再没感受过爱与被爱。眼泪夺眶而出。

Zahiro低下头在她的额头上轻轻吻了一下，用力抱紧这个身体还略略有些僵硬冰冷的中国女孩，他能感受到在这个小小的身体里蕴藏着太多太多的委屈，他愿意在有限的时间里尽可能多地给她最大限度的温暖和爱。

他们就这样默默地拥抱着，不知道过了多久，美源有一种想要和他更亲近的冲动，她想像一个小女生那样地依偎着他，吻一下他的嘴唇，向他撒娇，和他嬉闹。

美源有点不知所措，不知道这种情形下她该怎么做，她太熟悉了如何做女王、做领导者、做决策者，完全不知道该如何示弱。她抬起头看着Zahiro，用目光去抚摸那张英俊的极度男性化的脸，Zahiro微笑着看着她，眼睛里充满了爱怜，低下头在她的唇上轻轻吻了一下，美源的心里立刻绽放出一朵喜悦的小花，她羞涩地笑了。

Zahiro心里一动，这一次他看到了美源的女性能量在绽放，虽然幼小，却清雅可人。他忍不住低下头再去吻她，她也开始尝试着回应，从笨拙到接受再到热烈，激情如烟花在夜空中骤然绽放，点亮了夜空，也点亮了他们两个人的内在世界，他们双双落入激情的灿烂之中。那一刻，美源终于体会到什么是女性能量的温柔力量，体会到男女能量平衡时的绝妙感受，内心充满了完整的喜悦。

温馨提示

🌸 **1. 日历：11月20日**

🌸 **2. 生命数字：1、6**

🌸 **3. 生命数字密码**

**1**　代表了原创性、新生、重生、男性能量、阳性能量、领导力、先锋力量，为了寻找自我、证明自我而存在。它所代表的提醒意义是，真实面对自信心的现状，做出调整，避免过度关注小我的需求而变得自私。

**6**　代表着爱心，是一种精致之美。正向能量是善良、关怀、服务他人、责任心、重视家庭、发自内心的付出，它可以让感情变得敏锐、细腻，它所代表的提醒是放下期待回报的执念，付出只是因为爱。

灿烂的阳光洒满每个角落

# 24. 美食之美如同性爱高潮

一件美好的东西吃下去，你可以从食物里吃到非常棒的感觉，有的时候就像经过了一场完美性爱，那种完满和喜悦妙不可言。

吃饭的时候不停说话是件很浪费的事，因为说话会分散我们的注意力，我们就没办法去体会食物带给我们的不同能量。

"喂，美女，我来北京这么久了你也不带我去吃好吃的，每次你去意大利我可都没少带你去吃好馆子，你这个'地主'太没诚意了。"快下班的时候刘丽莎突然想起自己再有两天就要走了，这些天和美源一起一直在忙，连顿像样的饭都没吃过，就对美源开玩笑说。

美源想了想，笑说："还真是，你一来就开始忙，咱俩每天都在吃盒饭，吃得都快吐了，真是对不起，今天你有什么安排？如果没有，咱们就去找个好地儿吃晚饭。"

"我能有什么安排，老公在Siena，我也没胆跟别人约会，每天除了见你还是见你，你把自己完全卖给了公司，我也只能跟着你一起为公司效力，哈哈哈哈……晚上咱们去哪儿？"刘丽莎一边哈哈大笑，一边问。

美源想了想，说："我一个好朋友向我推荐了一个地方，说是特别好，我还没有去过，要不咱们一起去试试？你如果不介意，我就约上那个朋友，一个特别好的花疗师，也是一个美女，咱们一起呗，我也好久没有见她了。"

"好啊，美女不嫌多，约吧，我也刚好见识见识你的这些神奇朋友。"刘丽莎笑呵呵地回答。

　　美源给晓菲打了一个电话，刚巧晓菲正在想着等下去哪家餐厅吃晚饭，两人一拍即合约好一起去大溪水吃私家菜。

　　2个小时之后，三个女人出现在高碑店古家具街的大溪水鱼庄，这里主打传统云南菜和酸菜鱼、烧鱼、清蒸鱼、傣味烤鱼。餐厅面朝惠河，河畔杨柳依依，对岸是新修建的一排白色徽派建筑高碑店茶楼街，整体环境闹中取静，近城而无尘嚣，远闹市而不荒凉，很符合晓菲、美源对于用餐环境的诸多要求。

　　晓菲力荐这家餐厅，除了它的美食之外，餐厅老板对于

由百年樟木架子床改造而成的吧台

全套鸡翅木桌椅的饮茶区

古家具的爱好也是晓菲的兴趣所在。大溪水鱼庄不仅收集了很多红木、黄花梨、鸡翅木的古木家具，店主更是独具匠心把一张古旧家具店淘来的百年樟木架子床改造成吧台，让晓菲赞不绝口，也吸引了美源这个一向喜欢古旧东西的故事女人。

给客人挂衣服的红木柜

晓菲、美源和刘丽莎刚刚坐好，服务生很快送来三杯温水，问她们要酒还是特饮，晓菲代替另外两个女人回答要了特饮，不一会儿，三杯色香味一应俱全的饮料送了上来。

"哇，好漂亮啊。"刘丽莎忍不住感叹说。

晓菲看着她笑，说："等下你要慢慢喝，慢慢喝才有味道。慢慢喝，你可以品尝到薄荷的清香、清凉，柠檬的酸甜味道，青柠檬和黄柠檬的味道也有一些不一样，非要慢慢品才能品得到，还有一些低度酒的温润辛辣，这一家餐厅的厨师一直都很用心，所以他们的食物里每一种都很有感情，你可以尝得到厨师的性格，有一点粗犷豪放，很热情，也很有爱心，和云南的大理有些相像，仔细品真的可以慢慢体会到这些。等下东西上来也要慢慢吃，一定不要吃得太快，否则你会错过很多很美的东西，你要知道，**一件美好的东西吃下去，你可以从食物里吃到非常棒的感觉，有的时候就像经过了一场完美性爱，那种完满和喜悦妙不可言**，千万不要浪费。"

晓菲的这一席话让刘丽莎听得目瞪口呆，她有点不相信自己的耳朵，追问晓菲："真的吗？吃饭也能吃出高潮来？太不可思议了！"

美源和晓菲一起笑了起来，美源说："嗯，还真是这样。上次一个朋友带我去一家意大利餐厅吃饭，餐后要了一杯卡布其诺，那杯咖啡也有咖啡的苦，但即使是咖啡的苦也有一种柔滑的感觉，喝在嘴里就像是在抚摸一个成熟男人的身体，一个保养得非常好的健康润滑的身体，感觉特别棒。"

"这款饮料也很不错哦，比较像和一个优质男生的初次约会，有一种春末夏初的时间感，绿意盎然，非常棒的能量补充，所以一定要慢慢品才不浪费。"晓菲笑着补充说。

"唉，你们都这么说了，我肯定不能再狼吞虎咽地糟蹋了这顿晚饭。"刘丽莎笑着说，轻轻喝了一口饮料，含在口中略作停留，慢慢咽下去，闭上眼睛感受口中的余香，果然体会到了刚刚晓菲所描述的那些美妙体验，她露出惊讶的表情，说："真的呀，天啊，我第一次知道食物真的可以吃出感情，太神奇了！"

"所以，**吃饭的时候不停说话是件很浪费的事，因为说话会分散我们的注意力，我们就没办法去体会食物带给我们的不同能量**，所以古人云'食不言，寝不语'，其实是很有道理的。"晓菲说。

刘丽莎这才忽然发现美源一直都没有说话，闭着眼睛，早已沉浸在自己的美食体验当中。

服务生把厨师配好的几道菜逐一送了过来，刘丽莎也像晓菲、美源那样，夹一口菜放到嘴里就闭上眼睛，用心去体会菜肴的丰富味道，体会厨师投入菜肴当中的浓厚感情。有生以来第一次，她发现一个好的厨师真的可以把自己的感情注入菜肴当中，而这样的厨师所烹制的菜肴也真的可以让客人品尝到菜肴中所蕴涵的感情，果然就像晓菲刚刚所说的那样，美食之美犹如性爱高潮，妙不可言。

## 温馨提示

🌸 **1. 日历：11月30日**

🌸 **2. 生命数字：1、5**

🌸 **3. 生命数字密码**

　　**1**　代表了原创性、新生、重生、男性能量、阳性能量、领导力、先锋力量，为了寻找自我、证明自我而存在。它所代表的提醒意义是，真实面对自信心的现状，做出调整，避免过度关注小我的需求而变得自私。

　　**5**　所代表的生命能量是活力、自由、敢于冒险、欲望强烈、享受物质生活的快乐，无论是饮食、游戏、旅行等，都是这个数字所能体现的物质生活享受的行为体现。5还能推动人在营销、商贸领域颇有建树。它所代表的提醒意义在于警惕危险、战胜恐惧，不要让自己因为恐惧而拒绝付出和交往，成为社交场上的冷美人。

🌸 **4. 美食食谱**

🌸 **喵咪手剥笋**　**大溪水私家菜**（大溪水美食环铁艺术城店专供）

　　**主　料：** 手剥笋

　　**辅　料：** 西红柿、红椒、小米辣、
　　　　　　　柠檬水（"绿的梦"牌）、
　　　　　　　白糖、盐。

　　这道前菜主料无需加工，直接市场购买袋装或铁罐装腌制好的手剥笋即可。天目山的高山野生小笋，天然无污

染，绿色有机健康，富含维生素和膳食纤维。

买回的手剥笋开袋即可食用，但如果这样吃，就跟别家餐厅没有区别了。大溪水的喃咪手剥笋重在喃咪。

喃咪，是傣语，相当于汉语"酱"、"蘸料"的意思。喃咪有很多种，大溪水做的是番茄喃咪。纯正的番茄喃咪用的是云南少数民族地区的树番茄，这个在北京市场不太容易买到，为了操作方便，家庭制作可选择普通番茄。

> **做 法：**将西红柿、红椒（普通红椒即可，主要是调色的作用）、红小米辣用榨汁机打碎，然后入炒勺炒一下（不要加油和任何调料），炒熟后放入冰箱冰镇，食用时加入"绿的梦"牌柠檬汁、白糖和食盐调味即可。
>
> 大溪水的番茄喃咪，不仅可蘸食手剥笋，也可以依据自己口味佐其他菜品，比如用来拌松花蛋。

### 云椒牛肝菌（大溪水私家菜及大溪水鱼庄均有供）

**主 材：**冰鲜牛肝菌

**辅 料：**芫荽、云椒（皱皮椒）、食盐、蒜片

牛肝菌是云南众多名贵野生菌之一，冰鲜保存的牛肝菌北京市场均有售。

这道菜的可圈可点之处在于：不用油炒，而是水炒，但并非不用油。

**做　法：**油入锅烧热，把事先切片的牛肝菌放倒笊篱中快速地在油中过一下，然后另起锅，把牛肝菌入干锅，加入云椒（普通尖椒替代也可）、蒜片翻炒，少淋点水在锅中，免得干锅。出锅前加入芫荽。

这道菜，因为只在热油中快速过了一下牛肝菌，所以对野生菌的内在元素破坏较小，以水替油翻炒，保持了野生菌原始的清香，健康、味美。

### 大溪水特饮（大溪水私家菜、大溪水鱼庄均有供）

**材料准备：**饮料杯、吸管、搅棒、雪碧、薄荷叶、青柠檬黄柠檬、低度白酒、冰块、"绿的梦"牌柠檬汁

这是一款含微量酒精的饮料，由Mojito改良而成。

**做　法：**青、黄柠檬切小块，薄荷叶洗干净。把柠檬块入饮料杯，上面加薄荷叶，再上面放冰块，然后倒满雪碧，加入一瓶盖低度白酒（大溪水用的是云南特产的"杨林肥"酒）、"绿的梦"牌柠檬汁，以搅棒搅拌均匀，在最上面插上一枝有三个叶子的薄荷尖（这个不重要，主要起装饰作用）。一杯清凉酸甜的饮品就成了。

# 25. 感受花精灵的引领

内在的完整更是需要持久的练习，更难做到。

我们习惯了不好的东西，就会对好的东西产生怀疑。

分寸其实是最难掌握的一门相处艺术。

Zahiro写信给美源，告诉她自己计划在这个月的中下旬再来北京，这一次只是为了和美源见面。

美源心里总有一个小小的声音，告诉她Zahiro只是一时好奇新鲜，不会跟她步入婚姻。这个声音让美源烦躁不安，每次这个小小的声音出现，都会让美源如堕冰窟，负性能量像山洪暴发混浊一片。

晓菲打来电话的时候，美源正陷落在苦恼之中，接到晓菲的电话就像突然抓到一根救命稻草，立刻约晓菲见面，晓菲让她到自己的工作室来找她。放下电话，美源顾不上形象，随手抓了一件棉大衣就向门外冲去。

晓菲的工作室离美源很近，不过两站地，美源叫了一辆出租车，15分钟就出现在晓菲的面前。

晓菲一如既往地美丽优雅，一方玉白色的针织披肩随意地搭在身上，像一朵亭亭玉立的白玉兰。和她站在一起，美源身上的那件铅灰色的棉大衣鼓鼓囊囊地让美源看起来像一个旧麻袋。

"你怎么还是这个样子啊，灰头土脸的，不是说在谈恋爱吗？怎么他也没有让你开始重视自己？"晓菲把美源带到客厅里坐下，笑着问她。

美源愣了一下，露出不解的表情，问："很差吗？"

"你自己去看啊。"晓菲把她拉到自己的卧室，把她带到穿衣镜前，镜子里同时映照出两个女人，一个风姿绰约，一个风尘仆仆灰头土脸，美源看起来至少比晓菲年长5岁，可实际上晓菲比美源年长3岁。

"没顾上。"美源害羞地笑了，自己也觉得这身行头实在有点邋遢得说不过去。

"你是女人，如果你自己都不爱你自己，还期待着有谁能来爱你呢？"晓菲说。

"爱自己也不一定非要用穿衣打扮来表现啊，心里爱就好了。"美源勉强辩解说。

晓菲笑说："拜托，**内在的完整更是需要持久的练习，更难做到**。如果你连外在这么容易掌控的事情都不去做，你又怎么会有耐心去完成内在改变那么麻烦的事呢？"

"被你说中，算你赢。我就是因为最近特别烦所以一定要来找你。"美源说。

"跟他发展得不顺利吗？他看起来很好啊。"晓菲问。上次Zahiro来北京，美源特意约晓菲一起吃过饭，美源让晓菲帮她看看，Zahiro的张弛有度给晓菲留下了很深刻的印象，她知道**分寸其实是最难掌握的一门相处艺术**，能够做到Zahiro

那样已经需要有非常好的个人修为，问题一定出在美源自己身上。

"他是很好，就是因为太好了，让我觉得特别不真实，我总觉得像是假的，就像梦一样，根本不会有未来。"美源灰心地说。

"天啊，你看看你自己有多不爱你自己啊。"晓菲说。

美源深深地叹了口气。晓菲说的是对的，这也是她为什么近一年的时间里一直在坚持着四处去学习，坚持着做各种觉知练习。

"你有没有做那些练习啊？我觉得Chomely他们教你的那些练习都很好啊，应该都会很有用的，不是吗？"晓菲问。

"是挺好的，我也确实改变了很多，不过最近几天就是觉得很烦，老觉得他不会对我认真，虽然我自己也觉得这纯粹是我自己的胡思乱想，他不是那种乱七八糟的人，可我还是忍不住会怀疑他不会认真，烦死了。"美源说。

"**我们习惯了不好的东西，就会对好的东西产生怀疑。**"晓菲说。她让美源和她面对面坐好闭上眼睛，专注自己的呼吸，晓菲自己也闭上了眼睛，去感觉美源此刻所呈现出来的能量状态，她看到在美源的生命能量环出现了很多尖锐的波动，最大的一个缺口代表的是坚定和信心。

"你去买些铁炮百合吧，铁炮百合的植物能量能帮你获得更多的信心，让你的心安定下来。"晓菲睁开眼睛对美源说。

"你等一下，我去拿件东西给你。"美源睁开眼睛后，晓菲站起来边走边说，从书房里拿了一张CD碟片出来，对美源说："我现在放一遍这个音乐给你听，你站在这里，闭上眼睛，听着音乐，只管听就好了，什么时候身体自己想要动作，你就让身体自己去动，不要给予任何控制，把你自己的身体完全交给你的潜意识，明白吗？"

"明白。"美源肯定地点了下头，在客厅里找了一个最安全的空地站好，闭上眼睛，听到音乐在房间里缓缓流动，一个低沉浑厚的男中音在音乐里慢慢地浅唱低吟。

像晓菲说的那样，美源只是站在那里静静地聆听，慢慢地，胳膊仿佛一个睡醒的少女，很舒服地伸了一个懒腰，随后整个身体都像是被什么吸引着，缓慢地开始扭摆移动。美源觉得自己像是站在身体的外面，静静地观察着这个身体，内心稳若磐石。

一曲终了，美源带着满心满怀的喜悦和爱慢慢睁开了眼睛，看着晓菲，说："我现在感觉好多了，心里很踏实，一点都不怀疑他的真诚，我想他就是我想要的爱情。谢谢你。"

晓菲笑了，说："记得我刚刚跟你说的，回去多买几束铁炮百合，如果你觉得可以就放一些在你的卧室里，其他的放在客厅，每天早晨听这个音乐，就像刚才我跟你说的那样，让身体完全自主，这个就是花精灵舞蹈，铁炮百合的花能量可以让你安定、有信心，**花精灵舞蹈可以把你带到更高层的能量场里，你可以从中获得更高级的生命能量，自然也就会更接近生命本质，那些来自头脑的虚妄念头就不会再对你形成干扰。**"

"谢谢晓菲，一会儿我就去买铁炮百合。"美源笑嘻嘻地说。

"这个人真的很不错的，你不要再错过了，我还真的蛮期待能看到你们结婚的样子。"晓菲说。

"哈哈哈哈，我也想啊。如果我结婚一定请你！我还要请你帮我设计我的家呢。"美源朗声大笑道。

"那自然是会的，没问题，问题是你老人家要坚持做练习，让自己不要再有这么多动摇怀疑才好。"晓菲笑吟吟地拍拍美源的肩膀。

"放心吧，我一定会坚持的，这段爱情对我真的非常重要。"美源一脸的坚定。

"知道啦，你都快成祥林嫂了。"晓菲笑着打趣美源，两个人又说又笑地闹做一团。

**温馨提示**

❀ **1. 日历：12月9日**

❀ **2. 生命数字：2、3、9**

❀ **3. 生命数字密码**

**2** 寓意着"双"，代表了女性能量和柔软的力量，它的提醒意义是，如果能够顺应、接纳、协调各种力量，就能更好发挥出合作的巨大能量。想要做到这一点，需要学习打开心门，用平和的态度去面对并接纳世间一切，那才是一个完整的世界。

**3** 代表着表达、传递，是一种光之美。正向能量会带给人开心、愉悦、信任、创意、表达、新鲜等信息，能够帮助我们吸引到爱，获得很多人的关心和关注；它所代表的提醒是需要面对自己的情绪、解决情绪问题。

**9** 代表大爱，无条件地付出、人道主义精神、爱心/贴心服务等，它所代表的提醒是关注小事情，事情再小也要用心去做、做到极致，不要因为理想或梦想而迷失了自己。

❀ **4. 爱心提示**

（1）不同的花代表不同的生命能量，请专业花疗师给予建议，再选择合适的鲜花做能量练习。

（2）花精灵舞蹈，可以选择自己喜欢的音乐，最重要的是整个过程中要全然信任自己的身体，禁忌用大脑指挥身体。

# 26. 柔软的手语，温柔的心

习惯了负性思维，习惯了僵硬和逃避，想要改变并非易事，常常在不知不觉中就又在重复以往的习惯，包括身体语言。

习惯了负性思维，习惯了僵硬和逃避，想要改变并非易事，常常在不知不觉中就又在重复以往的习惯，包括身体语言。

美源和Zahiro的交往并不顺利，特别是这一次和他见面，美源一直都无法进入状态，她就像是一个拙劣的演员在表演一幕爱情戏，身体在，心却不在，感觉更加不在。她想Zahiro那么细腻敏感的人，一定能够感受到她的游离，可她却对自己的心完全失控，虽然明知道自己这样的状态无益于她和Zahiro关系的建立，却始终都无能为力，这种无力感让她对自己更加恼火。

Zahiro像是什么也没有觉察到一样，每天上午到和她约好的地方和她见面，按照她的计划跟着她一起去看电影、看朋友、看医生、吃饭、逛商场、逛书店，然后在晚餐后拥吻告别，看似都是两个人在一起，却从来没有过真正的单独相处，始终都处于人群之中。就这样过了一个星期，Zahiro返回比利时，像往常一样每天都有邮件或是短信给美源，和她分享自己的生活，Zahiro的这种平静让美源更加恼火，她不相信

Zahiro对她的游离毫无觉察，因此无法判断Zahiro的这种状态到底是好是坏。在和Zahiro的持续交往过程中，她的担心、恐惧比以往任何时候来得都快，也更强烈，每每当她开始产生怀疑不安的时候，她就会像条件反射一样立刻想到要彻底放弃，即使她能够克制自己没有将内心的冲动付诸行动直接和Zahiro说分手，也会在接到Zahiro的短信、邮件、电话时表现出心不在焉或是客气而疏远的态度，好像Zahiro只是她的一个偶然见过再无交往的陌生的客户，就像数年前她想冷却陈诺的结婚愿望时所做的一样。

等到Zahiro说"好吧，那你继续忙你的工作"，她又开始后悔，害怕Zahiro也会像当年的陈诺一样因此而消失，可她又不知道该怎么去重新启动一个温暖的开场，这样的情形一而再、再而三地频繁出现，让美源为此纠结不清，更加痛恨自己为什么就不能像个正常人一样信任爱情、投入爱情。

她只能写信向Chomely求助。Chomely刚好应邀在杭州讲课，就让美源去杭州找她，参加她的课程学习。

Chomely这一次的课是能量课程的一部分，今天的练习主题就是男性能量和女性能量的平衡。

"请大家找一个舒服的姿势坐下，在整个练习过程中你可以随时调整你的姿态，让自己的身体始终保持在一个舒服的状态里。专注自己的呼吸，等到音乐开始的时候，把双手举过头，让双手随着音乐自由地舞动，请信任你的身体，把

晨间清新的树林

你的意识完全交付于你的双手，让双手自由地舞动，而非意识控制，这个练习将会很好地引领你的双性能量自然达成平衡状态。你唯一需要做的就是把自己交付给自己的身体，让双手自由舞动。"Chomely的声音如往昔一样柔软温和，如春风拂面一样熨烫着一个又一个焦虑的心灵，包括美源。

美源在Chomely的声音里安静下来，专注呼吸，留心观察自己的身体，随时准备跟随身体的感觉移动身体。

音乐缓缓响起，如潺潺溪水，如清风流动，如花香飞舞，沁人心脾。美源的双手像是被注入了灵魂，自然地向上抬起，举过头，如风中杨柳，如湖中水草，袅袅婷婷地摇摆起来，无限婀娜。

　　手语的变幻多彩远远超出美源的想象，她完全沉浸在手语所带来的喜悦里。

温馨提示

🌸 1. 日历：**12月21日**

🌸 2. 生命数字：**1、2、6**

🌸 3. **生命数字密码**

　　**1**　代表了原创性、新生、重生、男性能量、阳性能量、领导力、先锋力量，为了寻找自我、证明自我而存在。它所代表的提醒意义是，真实面对自信心的现状，做出调整，避免过度关注小我的需求而变得自私。

　　**2**　寓意着"双"，代表了女性能量和柔软的力量，它的提醒意义是，如果能够顺应、接纳、协调各种力量，就能更好发挥出合作的巨大能量。想要做到这一点，需要学习打开心门，用平和的态度去面对并接纳世间一切，那才是一个完整的世界。

　　**6**　代表着爱心，是一种精致之美。正向能量是善良、关怀、服务他人、责任心、重视家庭、发自内心的付出，它可以让感情变得敏锐、细腻，它所代表的提醒是放下期待回报的执念，付出只是因为爱。

🌸 4. **爱心提示**

　　此练习需要专业的灵性音乐，请使用《身体的呼吸》。

# 27. 完美体验从呼吸练习开始

这就是我们的人生，一旦摆脱头脑的束缚，我们的身体就会创造出各种奇迹，什么事情都会发生。

再有11天，Zahiro又会再来北京，美源想到他就会忍不住地笑在脸上。自从开始每天做手舞练习，美源的内心越来越安静，那些怀疑、担心、不安、疑问逐渐枯萎凋零，最后消失不见再无踪影。只是自己的身体依旧有些僵硬，通过这段时间的练习，美源渐渐了解到自己上一次和Zahiro在一起之所以会始终处在一种貌合神离的状态，其中一个很重要的原因就是她对性的排斥和恐惧。美源希望这一次的约会不要再出现这样的局面，就写信给Chomely咨询改变方法，Chomely告诉她最好能找到一位专业老师带着她做呼吸练习，也许能够帮她走出这个僵局。

美源想到了晓菲，打电话和晓菲约好时间在晓菲的工作室见面。

美源到达的时候，晓菲已经在工作室等候多时，工作室的四周放满了玫瑰，芳香四溢。

"玫瑰的花能量是最好的爱情疗伤药，也是最好的催情配方，等下不管你有什么样的体验都不要去管它，只管让自己的身体自然反应就好。通常很多女生都会在这个练习中体会到完美性爱的高潮状态，有人就会喊得很大声，我不知道你会有怎样的反应，我只想告诉你，不管什么反应，都让它释放出来，不要给予任何的人为约束。我这里的隔音非常好，你完全不用担心隔壁人会听到什么。至于我，我早就习惯了在这个练习中会有各种奇妙的事情发生，你更加不用担心我会有什么想法，无论你有什么反应我都只会觉得非常奇妙，非常美好，**这就是我们的人生，一旦摆脱头脑的束缚，我们的身体就会创造出各种奇迹，什么事情都会发生，**对我来说真的非常美妙。"晓菲让美源坐下，向她娓娓道来。

美源听到"性爱""高潮"几个字脸刷地一下就红了，有些羞涩，又隐约有些期待。美源的表情变化全都看在晓菲的眼里，她依然微笑着，说："要不然这样好了，我也很久没有做这个练习了，等下我和你一起做这个练习，那时我就没有工夫再管你了，你要自己引领自己，那你就要听清楚这个练习的要点，这个练习其实非常简单，只有两个步骤，第一个步骤就是快速呼吸，用力地、快速呼吸，就像我这样子。"晓菲急促地呼吸着做了一个示范，然后接着说："第一段音乐只要没停，你就一直做快速呼吸，再累也要坚持，直到你听到一声锣响，诺，就是这个声音。"晓菲用遥控器控制音乐快速前进直到音响里爆出"咣——！"一声浑厚的锣声，晓菲才又接着说："听到这声锣声，就可以停下快速呼吸，让身体自己去调整呼吸状态，不加任何控制，同时去观察、体验你的身体都有哪些反应，就像我刚刚说过的那样，不管你的身体有何反应，都让它自然释放，不加任何控制。你越信任你的身体，它就越能够带给你奇妙的体验。现在我们可以开始了，你还有什么疑问？"

美源摇摇头，晓菲说："那我们就现在开始。这个睡袋是给你准备的，我会用那条毯子，我和你一样戴着眼罩，所以无论你做什么，我都不会看到，而且我会专注在自己的练习上，对你来说，我基本上可以被视为不存在。"晓菲一边笑着说，一边从沙发上拿过一条毛毯铺在地板上，又从柜子里拿出一条毛毯被子，躺下来盖在自己身上，然后开始用遥控器控制音响从头播放呼吸练习的背景音乐，戴上眼罩，开始做快速呼吸，彻底把美源抛在了一边。

美源钻进睡袋里，像晓菲一样戴上眼罩，开始做快速呼吸，很快就觉得疲惫不堪，恨不能立刻停下来休息一会儿，可她记得晓菲刚刚说过不管多累都要坚持，再听一下晓菲自顾自地在一边持续做快速呼吸，又很好奇如果这样坚持下去自己能体会到怎样的体验，就又开始继续做快速呼吸，很快就开始进入晕眩状态……

"咣——！"一声浑厚的锣响，美源让自己停止快速呼吸，可呼吸依然急促有力，新的音乐开始响起，从绵长转入高亢激昂。美源的身体里开始凝聚起一些热浪，Zahiro的笑容隐约出现，一双温暖的手似有未有地抚摸着美源的身体，无尽的爱暖暖地流过她的整个身体，每一个细胞都随之兴奋起来……

"实在太美妙了，整个身体就像是一个大花园，每一个细胞都像花一样地绽放，那一刻我真的感觉到了天人合一，自己的生命和整个宇宙完美地融合在一起，恒久无限，那种感觉太美了！"练习结束，美源迫不及待地和晓菲分享她刚刚经历过的美妙体验。

"我知道啊，我刚刚不是已经说过，你越信任你的身体，你的身体就越能够带给你美妙体验，怎么样，现在你还怀疑你的身体做不到吗？"晓菲少有地流露出调皮的表情，笑问美源。

美源羞涩地笑了。刚刚她确实体验到了从未有过的性爱高潮，完全是一种爱的感觉，美不胜收。

美丽的黄花自然开放

## 温馨提示

- 1. 日历：**12月30日**

- 2. 生命数字：**2、5**

- 3. **生命数字密码**

　　**2** 寓意着"双"，代表了女性能量和柔软的力量，它的提醒意义是，如果能够顺应、接纳、协调各种力量，就能更好发挥出合作的巨大能量。想要做到这一点，需要学习打开心门，用平和的态度去面对并接

纳世间一切，那才是一个完整的世界。

**5** 所代表的生命能量是活力、自由、敢于冒险、欲望强烈、享受物质生活的快乐，无论是饮食、游戏、旅行等，都是这个数字所能体现的物质生活享受的行为体现。5还能推动人在营销、商贸领域颇有建树。它所代表的提醒意义在于警惕危险、战胜恐惧，不要让自己因为恐惧而拒绝付出和交往，成为社交场上的冷美人。

### 🌹 4. 爱心提示

快速呼吸练习是古印度的一种修行方法，因人而异，由于体质、内在创伤的清理程度不同会有不同的身体反应、情绪反应，最好有专业人士指导。

深呼吸，沁人心脾

# 28. 从手印通往宇宙中心

成熟男人的思维方式：重结果，重内在本质，而非表面形式。

女性能量的复苏让她的身体、表情、语言、音调都开始像花一样温柔绽放，散发着淡淡的优雅的清香，让他心旷神怡。

恰当的距离能产生美，过远或过近都会产生破坏力。人对熟悉的东西总会有一些特别的情愫，更容易产生依赖和依恋，不管对人还是对事，大抵都是如此。

虽然没有专门去参加灵修课程学习，但是和Prematha、Svarup这样的上师们接触久了，Zahiro对于情感、对于能量的交换与流动自然有了许多和常人不同的感受，深知距离和分寸对于一段关系来说有多么重要。当他确认和美源开始一段认真的两性关系，他就开始调整自己的工作安排，让自己每天给美源一封邮件或是一个短信，至少1个月要和美源见一次面，不管是他飞去中国还是邀请美源去比利时看他。当然，迄今为止，一直都是他在飞，美源暂时还没有去过比利时。

"他对你真好，每个月都来北京看你。"听到美源说Zahiro今天到北京，文茜忍不住对美源说，语气里是掩饰不住的羡慕。

美源笑了，说："他在乎的是我们两个人能否见面，至于到底谁去看谁完全不在他的考虑范围，这就是**成熟男人的思维方式：重结果，重内在本质，而非表面形式。**"顿了一下，美源又说："或者更准确地说，是他的内心比我强大，他的付出是因为他愿意这么做，他的付出没有任何回报期待，所以他很享受这个过程，而不是像我这样斤斤计较患得患失。这也是我这一年里最大的感受和收获，一个人的内心完整了，才能坦然自由地付出和接受，付出和接受就像人的左右手，缺一不可。"

"下个月我就去看他，我也要学着像他一样无条件地付出。"美源做了一个深呼吸，下决心对自己说，同时也是告诉文茜。

"去吧，我祝福你们，真希望能够赶快参加你们的婚礼，你也赶紧给我介绍一个这么好的男人吧。"文茜说。

美源哈哈大笑起来，说："亲爱的，想要幸福你得自己去争取呀，不能总是等着别人来给你。"

在文茜身上，美源看到了自己的过去，一年前，她也曾经是这样一个等爱的女子。去机场的路上，她一路感慨着这一年里自己身上所呈现出来的巨大变化，欣喜地欣赏着眼下这个内心明媚说笑自由会发火会撒娇的新的自己。

"今天你很不一样，有什么好事要和我分享？"一见面Zahiro就看到了美源脸上发自内心的喜悦，很开心地问她。

美源给了他一个吻，说："因为你。"如果是在过去，不用很早，即使是在一年前美源都做不出来这样的动作，更不会说这样的话。用好朋友刘丽莎的话说，就是在男人面前即使是在自己最爱的那个男人面前也总是表现得大义凛然，一副江姐慷慨就义的模样，坚硬得像一块滴水不漏的优质钢铁。

Zahiro看着美源那张柔软明媚的笑脸，忍不住把她拉到怀里，低下头给她一个温柔长吻。虽然只是短短几个月，可他见证了这个女人怎样由坚硬一点点开始柔软，**女性能量的复苏让她的身体、表情、语言、音调都开始像花一样地温柔绽放，散发着淡淡的优雅的清香，让他心旷神怡。**

"你在邮件里说的那个手印怎么做？"在车上，Zahiro忽然想起美源曾经在邮件里告诉他自己刚刚从一位西藏活佛那里学会了手印，每天晚上临睡前都会做几次，感觉非常好，就好奇地问她。

美源的脸上立刻浮现出更深的笑意，她说："文字是我自己配的，活佛只教了我怎么做手印，告诉我大概意思，我就根据他说的大概意思编了那一套手语，感觉真的很棒，我还教了一些朋友做这个练习，他们也都觉得特别棒，我现在教你。"

美源一点一点地手把手教Zahiro先做手的动作练习，再试着配合手的动作，念诵美源设计的那套手语，Zahiro在一次又一次的学习练习过程中越来越清晰、越来越强烈地感受到这套动作和语言把他的心和宇宙紧密地联结在一起，心灵能量与宇宙能量自然交互流动，带他到天人合一的美妙境界。Zahiro惊讶于美源竟会有如此美妙的创造力，他也为自己能和这样一个美妙的女人在一起而感动，情不自禁地给美源一个有力的亲吻，说："感谢上天赐我这么聪明的一个美丽女人，我爱你，Moly。"

"我爱你。"美源看着Zahiro，柔声回应。

温馨提示

🌸 **1. 日历：1月11日**

🌸 **2. 生命数字：1、3**

🌸 **3. 生命数字密码**

**1** 代表了原创性、新生、重生、男性能量、阳性能量、领导力、先锋力量，为了寻找自我、证明自我而存在。它所代表的提醒意义是，真实面对自信心的现状，做出调整，避免过度关注小我的需求而变得自私。

**3** 代表着表达、传递，是一种光之美。正向能量会带给人开心、愉悦、信任、创意、表达、新鲜等信息，能够帮助我们吸引到爱，获得很多人的关心和关注；它所代表的提醒是需要面对自己的情绪、解决情绪问题。

🌸 **4. 手印练习**

（1）双手在胸前合掌，藏拇指于掌心，寓意自我的虚心和谦恭。

（2）双手握拳，一手在前，一手在后，从小拇指开始次第伸展，直到10根手指全部张开；双手交换位置，从大拇指开始次第收拢，直到10根手指都蜷缩成拳。

口念手语：我的心像莲花一样，开放，合拢。

（3）改变手的位置，将双拳掌心相对，双手徐徐打开，掌心向上；口念手语：将我的爱奉献于天地。

（4）双手合掌，归于胸前；

口念手语：将天地之能量合于我心。

🌸 **5. 爱心提示**

此练习可以启迪感恩之心，引领练习者体验大爱，唤醒爱的能量。

# 29. 时空之旅

在你热心为他人付出的时候，不要忘了你身边的同事，你的老板，更不要忘了你的家人，他们也需要你的爱。

一切的催眠都是自我催眠。

当你的潜意识做好了准备，她就会自然呈现给你所有你需要的信息。

美源最近一直醉心于组织参加公益活动，公司的事难免会有影响，老板对美源的工作状态明显不满，给美源写了一封邮件提醒她注意自己最近的工作业绩已经开始明显下滑。老板问美源是否有什么想法，希望美源能够和他开诚布公地交谈。

美源心里对老板多少有一些愧疚，觉得自己辜负了老板的信任，可是她又为自己觉得委屈，因为她现在比过去还要忙碌，只不过把一部分时间交给了公益活动，没有像过去那样全部交付于公司的工作。可是，公益活动也都是以公司名义在做，也是在帮公司树立良好的社会形象，老板对此却视而不见，自然让美源觉得万分委屈。她写信给Zahiro，讲述自己的委屈，她知道Zahiro一直都在为一家慈善基金会做义工，她相信Zahiro一定会理解她的心情，也一定会支持她对公益活动的热情参与。

"在你热心为他人付出的时候，不要忘了你身边的同事，你的老板，更不要忘了你的家人，他们也需要你的爱。"Zahiro在回信里写到。这句话像是一记重锤猛然敲击到美源的心上，让她心里一痛。

美源仔细回想了一下，从小到大，她一直把时间用在学习、工作上，现在又加了很多的公益活动，除了现在每天会给Zahiro回信之外，她不仅很少和自己的同事用心交往，也很少和自己的父母姐妹来往，以至于有一次当她偶然说起自己还有一个姐姐时，她最要好的一位朋友用惊讶的目光看着她，说："啊，你还有姐姐呢。"那神情仿佛看到了一个怪物。美源跟那位朋友开玩笑，说："我又不是孙悟空，肯定会有家人啊，有什么好奇怪的。"那位朋友嗫嚅了很久才说："因为你从来都没有提起过家人，所以我们都以为你是个孤儿，对不起啊，我们不是有意想诅咒你，只是你的状态太像一个孤儿了，从来都不谈你的家人。"

美源一直对那个片断记忆犹新，那个片断也成了一根扎在她心上的刺，时不时就会让她疼一下，可她却不知道要做些什么、怎么做才能把这根刺从心里拔掉。Zahiro的这句话再次提醒了她那根刺的存在和扎在心上的痛。

她决定去面对这根刺。

美源找到了晓菲，问晓菲有什么办法可以让她面对家庭这个问题，她发现自己和家庭有很大的隔阂，那是她一直以来的问题所在。

晓菲想了想说："我们来试试做一个催眠吧，做一个时光之旅，你可以自己选择回到过去还是去到未来。"

美源决定先做前世追溯。

在晓菲的催眠引导下，美源看到自己的数个前世，每一个故事里都有和家人的矛盾，最大的问题就是沟通障碍，他们用了几辈子都没有学会有效的沟通。不管他们都经历了哪些故事，在这些故事里，美源都能清清楚楚地看到一件事，那就是他们彼此都在深爱着对方，都想让对方过得安康快乐。

在征得美源的同意后，晓菲引领着美源去到了未来，美源看到她和Zahiro建立了自己的家庭，有了他们的孩子，美源的父母姐姐都在为她和Zahiro祝福。美源被这个画面感动得泪流满面。

"有什么特别收获？"催眠结束，晓菲笑盈盈地看着美源，问她。

美源长长地舒了口气，说："我从来没有想过我和父母之间有那么深的情感联结。我是说，我的头脑当然知道他们很爱我，我也很爱他们，可事实上我感受不到他们的爱，我也不觉得自己真的很爱他们。我一直觉得自己特别有问题，太冷酷，冷血，完全不懂感情。去年3月我在意大利第一次做练习，我已经发现我和我的家人之间完全没有任何情感联结，虽然我愿意把礼物送给他们，可是我并没有感受到他们的爱。这一次完全不同，我真的感受到了爱，我们彼此都深爱着对方，都对对方有很多的关心很多的牵挂，我真的能够感受那种内在的力量，生命的能量，我第一次可以真真实实地感受到彼此之间的情感流动，特别感动。我现在知道了，我们之间的问题不是不爱，而是不知道要怎样去爱、去表达，害怕伤害到对方，所以干脆离开，特别是我。这是我今天最大的收获，谢谢你晓菲，谢谢你让我看到这些，你太棒了！"

"不是我太棒了，是你太棒了，所有的信息都是你自己找到、自己体验，跟我一点关系都没有，我不过是你的一根拐杖，一直陪着你罢了。要谢就谢谢你自己的潜意识，那么有智慧，而且那么勇敢，真的需要你好好去感谢她。"晓菲

那迷人的幽香可是来自这些小花

依旧笑盈盈地看着美源，很温和地对她说。

　　"**一切的催眠都是自我催眠，**"晓菲补充说，"**当你的潜意识做好了准备，她就会自然呈现给你所有你需要的信息。**所以，感谢你的潜意识就好，不必谢我。"

　　"那我还是要谢谢你，如果没有你这根拐杖，也许我还是不敢一个人去走路。"美源笑着说。

　　"那好吧，你要谢我就谢吧，那你要怎样谢我呢？是打算送我礼物，还是打算请我吃饭？"晓菲和美源开起了玩笑。

　　"吃饭好了，送礼物我还要找时间去逛街太麻烦。"美源也笑，说着话看了看自己的手表，时间也差不多到了晚饭时间，就问晓菲："你晚上有空吗？你要是有空咱们就去大溪水吧，你不是说他们在平谷金海湖新开了一家店风景特别好吗，刚好今天我有车，很方便，等下吃完饭我送你回来。"

　　"好啊，我还在想什么时候约你一起去呢，那我们就今天去吧，在湖边看日落也很不错啊。"晓菲欣然响应。

　　"走！"美源和晓菲立刻站起身，准备去平谷金海湖，在落日余晖中好好享受她们的美味晚餐。

**温馨提示**

🌹 1. **日历：1月29日**

🌹 2. **生命数字：1、3、9**

🌹 3. **生命数字密码**

　　**1**　代表了原创性、新生、重生、男性能量、阳性能量、领导力、先锋力量，为了寻找自我、证明自我而存在。它所代表的提醒意义是，真实面对自信心的现状，做出调整，避免过度关注小我的需求而变得自私。

　　**3**　代表着表达、传递，是一种光之美。正向能量会带给人开心、愉悦、信任、创意、表达、新鲜等信息，能够帮助我们吸引到爱，获得很多人的关心和关注；它所代表的提醒是需要面对自己的情绪、解决情绪问题。

　　**9**　代表大爱，无条件地付出、人道主义精神、爱心／贴心服务等，它所代表的提醒意义是关注小事情，事情再小也要用心去做、做到极致，不要因为理想或梦想而迷失了自己。

🌹 4. **爱心提示**

　　前世追溯或未来预测的催眠练习，有专业人士做引导会更容易进入比较好的催眠状态，但也可以独自完成。最重要的是，不要拘泥于催眠状态下获得的信息是真是假，而要从这些信息中获得学习，这才是前世追溯或未来预测的真正意义。

# 30. 未来的玫瑰

生命就是这样在不知不觉中发生着改变。

心里没有玫瑰，好的爱情就跟你无缘。

在你的想象中所看到的花就是你在潜意识里的自画像。你有多爱你自己，你所看到的花就有多美。

任何的拥有都是要付出代价的，付出不一定有收获，但不付出一定没有任何收获。

"**你**知道自己有多美？"清晨醒来，一个轻柔的声音响在美源的心里，她的心为之一动，记起去年的春天在意大利Aana曾经说过类似的话，Anna说她不知道自己有多美，还带她去对镜观照，让她看着镜子里的自己做练习，那个时候她几乎不敢注视镜子里的自己，不敢看自己的眼睛，她根本就不喜欢镜子里的那个女人。那个时候的美源怎么也不会想到，不到一年的时间里她竟会有这样天翻地覆的变化，现在的她不仅喜欢看镜子里的自己，还很享受对镜观照的觉知练习，享受对自己说"谢谢你，我爱你"时满心满怀的欢欣雀跃。

"**生命就是这样在不知不觉中发生着改变**。"美源在心里对自己说。

"你现在真的是很不一样啊。"美源打开卧室门，客厅里正在接开水泡茶的文茜看着她说，眼睛里充满了羡慕。

美源莞尔一笑，说了声"早"，准备去厨房做早餐。

"美源，你到底是用了什么办法，真的变化好大啊，皮肤都比原来好多了，你去年的皮肤特别粗糙，现在特别亮，是用了什么好东西，哪儿买的，我也去买点用用。"文茜跟在美源后面，站在厨房门口看着美源说。

美源哈哈大笑，说："哪儿用什么好东西呀，我一直都是用沙棘油，你知道的呀，除了沙棘油我什么都不用，我可没你那么好的耐心，每天瓶瓶罐罐的我看着都眼晕。"

"那你的皮肤怎么那么好啊？真的变化特别大。"文茜说。

美源笑答："心情好呗。好心情是最好的护肤品。"

"那我什么时候才能像你一样天天都是好心情？你赶紧给我介绍个男朋友吧，让我跟你一样天天都是好心情。"文茜说。

美源再一次哈哈大笑道："你呀，就是想偷懒。没办法，你自己**心里没有玫瑰，好的爱情就跟你无缘**，就算我介绍给你一个好男人，你也留不住。想拥有一份好爱情，你就要自己去坚持做练习，让你的内心先有一朵玫瑰，有一个爱的结晶体。"

文茜看着美源沉默不语。

美源看了看她，笑着说："你也不用强迫自己，随缘吧，每个人都有属于自己的路。不过，我真的是要提醒你，**天下没有白来的午餐，任何的拥有都是要付出代价的，付出不一定有收获，但不付出一定没有任何收获。**你想想是不是？"

文茜叹了口气，说："我也没有不愿意付出啊，我过去也付出了很多……"

美源看着她，笑了笑，不再说话。她知道，此刻无论她再说什么，文茜都不会真的理解，她还需要经历更多的磨难，当痛苦累积到她无法继续承受的程度，就像去年3月的她自己一样，自然就会开始不顾一切去寻求改变。

这一天的5分钟冥想练习，美源忽然看到一朵硕大明艳的红玫瑰，在她的面前悠然绽放，散发着馥郁的芳香，整个天地间都流溢着温婉的花香。

"**在你的想象中所看到的花就是你在潜意识里的自画像。你有多爱你自己，你所看到的花就有多美。**"Anna的声音从天外轻轻飘送到美源的耳边，美源情不自禁露出美丽的笑容，如她刚刚看到的玫瑰一样展蕊怒放。

温馨提示

🌹 1. 日历：**1月20日**

🌹 2. 生命数字：**1、3**

🌹 3. **生命数字密码**

**1**　代表了原创性、新生、重生、男性能量、阳性能量、领导力、先锋力量，为了寻找自我、证明自我而存在。它所代表的提醒意义是，真实面对自信心的现状，做出调整，避免过度关注小我的需求而变得自私。

**3** 代表着表达、传递，是一种光之美。正向能量会带给人开心、愉悦、信任、创意、表达、新鲜等信息，能够帮助我们吸引到爱，获得很多人的关心和关注；它所代表的提醒是需要面对自己的情绪、解决情绪问题。

### ✍ 4. 爱心提示

在冥想状态里去想象一朵美丽的花，有意识地让花越开越美，越长越茁壮，也是一种非常好的积极的自我暗示，对于培养自信心、唤醒激活女性能量都有很好的助益。

生机盎然

# 31. 一个人的完美约会

懂得爱自己的女人最有
魅力。

"亲爱的，今天有什么特别的计划？"临近中午，Zahiro的电话如约而至。

"晚上有一个约会。"美源说，脸上是浓浓的笑意。

"啊，我嫉妒那个能够和你约会的人。我认识他

迎接朝阳

吗？"Zahiro问。

"你认识她。不止是认识，而且非常熟悉，你还约会过她。"美源说，脸上的笑意更深。

"哈哈，我知道她是谁了，真的很棒，那么，请你务必代我问候她，我想给她一个非常缠绵的法式长吻，我还想抚摸她的长发，请你必替我带到。"Zahiro朗声笑说。

"那么，可否告诉我你和她的约会都有哪些活动？我对你们的约会充满了好奇，我很想能够加入你们的约会。"Zahiro问。

"下午六点半我下班，会换上漂亮的小礼服。我带了那条宝石蓝的小礼裙到办公室，准备下班后换上。我们会去大溪水私房菜吃晚饭，然后去富丽城电影院看场电影，然后回家，听音乐，就听那首Joson和Anna为我写的《这就是为什么我一直在等你，我的爱》，做一个5分钟的冥想练习，然后泡一个木桶浴，在水里放入玫瑰精油，然后舒舒服服一觉睡到自然醒，我手上的这个项目今天通过了方案审核，明天我可以休息半天，所以我打算今晚给自己好好放个假。"美源轻松地描述着自己的约会计划。

"吻你。真希望此刻我能在你身边，今晚我们可以共同度过一个美丽的夜晚。"Zahiro说，声音里有些遗憾。

"不，即使你现在在北京，今晚我也会拒绝你，今晚我要和自己好好地约会。不是你跟我说的吗，**懂得爱自己的女**

人最有魅力。"美源温柔却很坚定地说。

"哇！意外，但是非常美！我喜欢！"Zahiro的声音突然迸发出少有的激情，他仿佛看到一个让他一见倾心的奇迹发生，完全不掩饰他的惊喜和热爱。他看到美源的新生。

美源笑了，第一次清晰地看到自己内在的女性能量如此畅悦地流动着，犹如一蓬蓬的迎春花在依旧清冽的寒风中展蕊怒放。

她爱极了这种感觉。此刻她才真正体会到自由的快乐，既不必去束缚他人，也不会因此而让自己被束缚。

她也终于明白了为什么之前无论她做什么、说什么、怎么说、怎么做，Zahiro都只是那样不卑不亢不亲不远地看着她，原来Zahiro一直在给她时间等她自己获得成长，Zahiro透过她的那些抵触看到她对于亲密的恐惧，而他有足够强大的自信和足够多的爱可以等她自己成长。

"我真的超级幸运，能够遇到他。"美源在心里对自己说，内心一片温暖和感动。

"Zahiro，谢谢你，我爱你。"美源说。

"我爱你，Moly，祝你晚上约会愉快。"Zahiro温柔地笑着说，爱如阳光穿越时空源源不断地传递到美源的心里和身上。

## 温馨提示

❀ 1. 日历：**2月7日**

❀ 2. 生命数字：**2、7、9**

❀ 3. 生命数字密码

**2** 寓意着"双"，代表了女性能量和柔软的力量，它的提醒意义是，如果能够顺应、接纳、协调各种力量，就能更好发挥出合作的巨大能量。想要做到这一点，需要学习打开心门，用平和的态度去面对并接纳世间一切，那才是一个完整的世界。

**7** 代表的是智慧、探究、分析、理性、冷漠、单独、质疑、细致、真相，7的数字能量可以提升人的觉知力，它的提醒意义是观察自己的思维方式、拓展思路，避免钻进牛角尖，存在即是合理，应该允许不同的方式同时存在。

**9** 代表大爱，无条件地付出、人道主义精神、爱心/贴心服务等，它所代表的提醒是关注小事情，事情再小也要用心去做、做到极致，不要因为理想或梦想而迷失了自己。

❀ 4. 单身女人的约会餐谱

（1）例汤：**竹荪云腿土鸡汤**

竹荪云腿土鸡汤是大溪水另一款镇店名菜，选用放养土鸡，加入云南火腿、野生竹荪，不放油，文火清炖两小时以上。

如果不点竹荪云腿土鸡汤，餐后可喝一碗薄荷鸡蛋汤，味道非常不错。或者一碗高山豌豆尖汤，不用油和任何调味品，就是开水冲的豌豆尖，里面滴了点自己熬的鸡汁，很清淡。

（2）前菜：**私家香肠**  大溪水独家秘方制作的香肠，所用为精选的里脊肉，不肥不腻。

**青木瓜沙拉**  清淡爽口。

**蜜柚肉松沙律**  有着热带的独特风情和味道。

（3）主菜：**铜锅酸菜鱼**（或大嫂烧鱼）
大溪水主厨独门秘籍烹饪的酸菜鱼，主材为黑鱼。

**大嫂烧鱼**  大溪水镇店名菜，主材为生长期长的水库白鲢。无盐，无味精，以白糖和酿造酱油调味，由店主自创，至今连店内厨师也不能掌握。周润发、姜文、宁浩、梅婷、陶虹等都对这道菜赞赏有加。

**喃咪烤鸡**（或竹荪云腿土鸡汤）  主材选用的是鸡腿，经用芫荽、香柳等新鲜热带香料植物腌制后，入烤箱烤熟，蘸喃咪食用。

（4）青菜：**云南高山豌豆尖**（或高山洋丝瓜尖）
洋丝瓜尖，非丝瓜尖，而是佛手秧的嫩尖。

（5）餐后甜品：**大理梅子**
云南大理的梅子，脆甜，微酸。

（6）主食：如果不用主食，可以要一小碗大溪水的小锅米线，很值得一试。

找个宜人的地方，给自己放个假

# 32. 创造美丽正向能量

我爱你，不需要任何理由；离开你，也不会感到愧疚。

没有人能够抵挡得住正向能量的吸引，只要他/她曾经切身体验过正向能量的美妙。

只要我们体会过什么是真爱，就再不会被披了各种外衣的情感需要所欺骗，而且会坚持自己的信仰，径直走向真爱。

要天让自己接触足够多的正向能量，可以把你自己的生命能量也带到一个比较高的层次，当你在一个较高的层次上，你才有能力去感受静心的美妙，才有能力真正开始接近自己的内在世界开启内在智慧。

和Zahiro的交往渐入佳境，美源越来越感觉到自由的力量，越来越能够体会到萨提亚女士所写的那首诗："**我爱你，不需要任何理由；离开你，也不会感到愧疚。**"不再畏惧变化，反而更能够充分享受每一个当下，无论那是当下的快乐还是烦恼。这种感觉着实美妙，美到让美源忍不住地每天脸上都洋溢着甜蜜和微笑，即使是一个第一次见到她的人也能够从她的脸上读到"幸福"二字，美得让人嫉妒。

这一天，美源一大早就开始坐在客厅里学习英语，脸上始终洋溢着甜蜜的微笑，让文茜看得心痒痒，她在房间里走来走去，漫无目的地消磨了一个上午，终于忍不住来向美源讨教："喂，看你现在这么幸福，也要传授传授你的幸福秘籍呀，让我也能像你这样遇到一个这么好的人。"

如果是过去，美源一定会老调重弹让文茜自己努力，可是现在她就是有很好的心情、很好的耐心，很愿意和所有人分享她的快乐和她收获幸福的这些练习。美源笑着说："好啊，你现在有时间吗？我现在就带你来做练习帮你创造正向

能量，当你拥有更多的正向能量，喜悦、快乐、健康自然就
会到你的生命中来。"

"怎么又要做练习啊，不做练习就不行吗？为什么一定
要做练习呢？我觉得如果我能遇到一个像Zahiro那样的好男
人，我自然会好好和他相处。"文茜说。

"听起来像是你在说，以前你一直遇人不淑，你现在不
快乐不是因为你的问题，而是因为你没有遇到好男人？"美
源继续浅笑盈盈地看着文茜，问她。

文茜看着美源，没有立刻回答，想了想，用手挠挠头，
说："也不完全是吧。我肯定也有做得不好的地方。"

"但是你觉得如果你遇到一个好男人，你就能做到足够
好，是吗？"美源问。文茜现在的状况，正是她一年前的状
况，文茜刚刚所说过的话，也都是她曾经玩过的语言把戏，
她自然很清楚这些话的背后真正隐藏着的是什么。

文茜看着美源，不说话，看了一会儿忍不住笑起来，
说："是，我是这么觉得，有什么错吗？本来就是那些男人
不好嘛，他们如果够好，我一定会比他们做得更好。"

美源依然甜甜地微笑着，说："这种想法你已经坚持了很
多年，对不对？"

文茜点点头，说："是啊。"

"你的生活也没什么改变，你一直都在遇到不够好的男
人，对不对？"美源问。

和朋友的交往也能汲取正向能量

　　文茜又点点头，说："是啊，所以要你帮忙啊。"

　　美源继续笑望着文茜，说："可见你的这种想法对你想要寻求改变没有带来任何帮助，对不对？"

　　文茜愣了一下，没有立刻回答。

"所以，"美源接着说，"为什么不试试去改变自己的想法？而不是继续走这条走不通的路？"

文茜认真地思考着，良久，终于开口说道："好吧，做什么练习？"

美源立刻站起身，从落地窗向外看出去，看到楼下花园里有一些孩子在晒太阳玩游戏，还有一些带孩子的老人在阳光下唠家常，因为这段时间气温较高，园子里的迎春花黄澄澄开成一片，煞是喜人。

"跟我到楼下去。"美源说。

文茜穿上外套和美源一起跑到楼下，美源让她和自己一起去逗那些摇篮车上的婴儿们，和园子里的老人们打招呼嘘寒问暖，加入孩子们的游戏和他们打成一片，文茜的脸上渐渐有了笑容，是那种发自内心的喜悦，而不仅仅是一个笑的表情。

美源看着她的变化，看了看手表，她们已经在这里逗留了近20分钟，文茜已经完全投入到了和孩子们的游戏里，笑声不断，快乐指数直线上升。

美源叫住文茜，和大家一一道别，文茜的脸上流露出依依不舍的神情，跟着美源回到家里，还在想着楼下的那些孩子们，对美源说："那些孩子太可爱了，我要是能赶紧结婚生个孩子就好了，太可爱了。"

"会的，你一定能如愿以偿，只要你从现在开始每天坚持做这些练习。"美源笑着说。

"真的吗?"文茜看着美源问,眼睛里充满了希望。

"当然!"美源说,"现在你的感觉怎么样?是不是非常开心、特别有力量感?"

沐浴充足阳光的树木,散发着令人振奋的正向能量

文茜感觉了一下自己的身体，点头说："是。"

"这就是正向能量。"美源说，"**每天让自己接触足够多的正向能量，可以把你自己的生命能量也带到一个比较高的层次，当你在一个较高的层次上，你才有能力去感受静心的美妙，才有能力真正开始接近自己的内在世界开启内在智慧。**这就是我要带你下楼去玩的原因，孩子们的天真是最好最干净的正向能量，如果你没办法自己激发正向能量就去跟孩子们玩一会儿，不用多，10分钟就能给你足够的正向能量。现在我要带你做内观练习，这是一个特别好的与自己的内在智慧建立联结的方式，你坐下来，尽可能让自己坐得舒服一些。"

文茜按照美源的指引在沙发上盘腿坐了下来，闭上眼睛，听到美源打开音响，空气中流动着山泉般清澈灵动的音乐，她觉得自己的心很快就安静下来，一片清澈，仿佛被彻底洗涤过一样。

"把手指轻轻放在眉心处，想象这里有一台高速运转的机器，发出紫色的光芒。这里是眉心轮，是能量发射的地方，你的能量越强，分辨是非、应对问题的能力就越强。紫色光芒代表着直觉、灵性，想象这束光带着充足的灵性能量滋养温暖着你的眉心轮，你整个人都笼罩在紫色的灵性光芒里，获得滋养。"美源柔声做着引导，仔细观察着文茜的表情变化，感觉文茜的冥想状态。

"接下来，请你仔细回想你现在的生活状态，这是你喜欢的节奏吗？如果不是，你想做哪些改变？去想象你喜欢的生活节奏是怎样的画面，如果你愿意，你也可以把你看到的或是感觉到的描述出来，尽可能详细地去描述细节。你的想象越具体，越清晰，你就越有可能让它成为现实。"美源继续做着引导。

"我看到有很多的花儿，红的，玫瑰，月季，白的是百合，还有很多很多水仙，屋子里的每个角落都有水仙，开得特别漂亮。家里很干净，房子很大，我和孩子们在玩游戏，我们在捉迷藏，有3个小孩儿，一个男孩，两个女孩儿，都特别漂亮，怎么好像是混血啊，眼窝特别深，都是深蓝色的，跟海的颜色一样……"文茜闭着眼睛描述她在想象中看到的画面，看到孩子们的模样时忍不住笑了起来，一边笑一边继续描述那些幸福快乐的美好场景，她的喜悦就像她所描述的花园一样在她的四周缓缓铺展，色彩斑斓。

美源很开心地看着文茜，她知道，文茜的改变已经开始，**没有人能够抵挡得住正向能量的吸引，只要他/她曾经切身体验过正向能量的美妙。**

就像真爱，**只要我们体会过什么是真爱，就再不会被披了各种外衣的情感需要所欺骗，而且会坚持自己的信仰，径直走向真爱。**

**1. 日历：2月16日**

**2. 生命数字：2、6、9**

**3. 生命数字密码**

　　**2**　寓意着"双"，代表了女性能量和柔软的力量，它的提醒意义是，如果能够顺应、接纳、协调各种力量，就能更好发挥出合作的巨大能量。想要做到这一点，需要学习打开心门，用平和的态度去面对并接纳世间一切，那才是一个完整的世界。

　　**6**　代表着爱心，是一种精致之美。正向能量是善良、关怀、服务他人、责任心、重视家庭、发自内心的付出，它可以让感情变得敏锐、细腻，它所代表的提醒是放下期待回报的执念，付出只是因为爱。

　　**9**　代表大爱，无条件地付出、人道主义精神、爱心/贴心服务等，它所代表的提醒是关注小事情，事情再小也要用心去做、做到极致，不要因为理想或梦想而迷失了自己。

**4. 爱心提示**

　　在没有足够好的定力直接进入冥想练习之前，最好先去做一些能够帮助自己获取正向能量的活动，带着充足的正向能量开始进入眉心轮直觉能力练习。

# 33. 我和春天有个约会

争吵也是一个很好的互相了解的过程，只要你们彼此坚信对彼此的爱，你们就会一直和爱住在一起，幸福和快乐都只因为有爱存在。

只要有爱，一切美好都会成为现实。

美源怎么也想不到，Zahiro的家居然是一座古老的城堡，完全像她在电影里看到的那样，有一个大大的私家花园，整整齐齐种满了玫瑰，用冬青木间隔成一个又一个的方田，简单却很美丽。

周末和节假日的时候，通常Zahiro都会到这里和他的父母住在一起，他在海边另有一套完全属于自己的别墅，有时候也会邀请父母去那里小住，平时比较多的时候他会住在市中心的一套公寓里，那里离他的工作室很近，比较方便。上一次美源来比利时，就住在那里，Zahiro甚至没有告诉她自己还有一套海边别墅，对于城堡更没有提过只字片语，她完全不知道别墅和城堡的存在，现在突然站在城堡里，感觉像是走错了时空，特别不真实。一时间，她完全无法分辨自己此时此刻到底是种怎样的情绪。恼？惊喜？都不是，只觉得这一切离自己都那么遥远，遥远得恨不能相隔几百个世纪，可这一切又都那么真实，一砖一瓦那么真实真切地矗立在这里，而她就站在花园里，城堡的大门为她敞开，等待着她走进去。

"嗨，Moly，欢迎你回家，我们一直在等你，希望你会喜欢这里，爱上这里，我们的玫瑰园一直等着一位美丽的女主人出现，现在你终于来了，我相信你一定会爱上这里，和我们一样爱上这个玫瑰园。"一位优雅俏丽的老妇人从大厅里走出来，边走边说，爽朗的笑声像阳光一样明媚温暖，她走过来热情地拥抱着美源，就像拥抱自己刚刚回来的小女儿，全无丝毫的陌生感。

　　"这是我的母亲，Celina，她知道你今天到，特意从希腊过来见你，昨天刚到。"Zahiro站在美源身后微笑着向她做介绍。

　　"哈哈，抱歉我忘了先向你做自我介绍。"Celina放开美源，指着自己身边的那位先生，笑着说："这位是Malakasha，我的男朋友。昨天我们一起从希腊过来，我们怎么会错过这样美妙的一个机会。"

　　Malakasha，一位古典主义油画画家，Celina的新男朋友，比Celina小10岁，原来一直是Celina家族的好朋友，10年前Celina的丈夫因病去世，Malakasha一直陪伴着Celina，5年前他告诉Celina，他在16岁那年在Celina的婚礼上看到穿一袭白纱裙的Celina立刻爱上了她，爱得无药可救。他没想到自己在有生之年还能有机会这样陪伴

好像传说中古老的城堡

在Celina身边，有机会像男人一样用爱去照顾Celina。那一年，Celina接受了他的感情，两个人一起移居希腊，因为Malakasha更喜欢爱琴海，他们也想在余生好好享受不被打扰的二人世界。

美源第一次听到这个故事时唏嘘不已，为他们的爱情所感动，她还记得当她泪眼婆娑的时候，Zahiro在她的面前半跪下来，握着她的手，看着她的眼睛，说："Moly，请让我用爱来照顾你。"那一刻，美源知道自己终于等到了那个她用半生来等待的男人，这就是她一直想要的纯粹完满的爱。那一刻，她第一次忘却了他和她的年龄差，只看到一个健康的、成熟的、值得信任、值得尊重、值得爱的好男人。

"嗨，美丽的公主，希望我们没有吓到你，欢迎回家。"Malakasha上前一步，在美源的面颊上左右各吻了一下行了一个面颊礼，微笑着说，缓和美源的情绪。他注意到美源看到城堡后的恍惚。

"回家"这个词依次出现在Celina和Malakasha的口中，让美源倍觉温暖，她开始感觉到家的存在，开始和这个美丽而古老的地方建立起内在的情感联结，她开始爱上这个地方。

"来，我的天使，让我们先去喝杯茶休息一下，然后再讨论接下来我们该做点什么有趣的活动。"Celina热情地说着，拉着美源的手带她向大厅里走去。Malakasha和Zahiro跟在后面，低声说笑着，一起走了进去。

这一夜，美源睡得特别踏实，从未有过的安心。

第二天，午餐后，Zahiro开车带着美源、Malakasha带着Celina一起去了海滨别墅，Zahiro告诉美源他们要在那里搞一个"爱"的主题Party，一些好朋友已经在别墅等他们过去。

"今晚你会收到一份特别的礼物。"Zahiro有些神秘地说。

美源好奇地问他是什么礼物，Zahiro笑而不答，美源也就暂时放弃，现在的她已经学会了等待，等待美好的事情自然而然地发生。

到达别墅时夜幕已经降临，和美源在国内常常看到的别墅不同，Zahiro的海边别墅几乎是一个庄园，从山脚下沿盘山公路在丛林间走上20分钟才到达，进了大门又是一个小广场，最深的地方才是建筑，一幢半开放式的3层小楼，后面是一个灯火通明的游泳池，再过去不远处就是悬崖峭壁，下面是惊涛拍浪的无垠大海。

走在这里，就像走进了某一个电影情节。更让她开心的是，在这里她还见到了她一直敬慕的灵修上师Svarup和Prematha，还有她的好朋友Mike、Chomely、Joson、Anna，还有新婚不久的kushi和明芳，刘丽莎和她的先生，还有……

"子枫！"美源失声叫了出来，"天啊！怎么会是你！你怎么在这里！"美源简直不敢相信自己的眼睛，她用手紧紧抓住Zahiro的胳膊，生怕一个不小心就会让眼前这一幕彻底消失不见。

子枫像从前一样淡淡地微笑着，慢悠悠地走了过来，轻

轻地给了美源一个拥抱，一切都像从前一样，却让美源有了
更加强烈的不真实感。

"你怎么会在这儿？！"美源忍不住问她。

子枫看着Zahiro，笑着说："我跟她说，还是你告诉她？"

Zahiro吻了一下美源的额头，对她说："其实，Chomely
一直在帮我寻找子枫的下落，我们一直在四处打探消息，只
是一直都没有什么结果。上周我不是去英国了吗？是基金会
的工作，我和基金会的工作人员一起去英国南部的一些乡村
巡查，刚好有人曾经和子枫的男朋友一起工作过，就告诉我
们他的故乡，我记得你说过子枫要去他的故乡，于是就去了
那里，果然见到子枫，她在基金会的慈善小学当老师。她是你

最好的朋友，也是你的心事，我自然要邀请她来参加我们这个
'爱'的聚会，让你们姐妹两个在这里重逢，我说过我要送你
一份特别的礼物，我猜你会非常喜欢这个礼物，对吗？"

美源给了Zahiro一个深深的吻，说："谢谢你，太谢谢你
了，我一直都很担心她，谢谢你把她带到这儿来，谢谢你。"

说完，美源把子枫紧紧地拥抱在怀里，久久不肯放手。
她觉得这简直就是一个奇迹，上天把所有她爱的人都带到了
这里，带到这个如诗如画的美丽地方，她感动着上天对她的
慷慨和恩赐，也感动着自己能够拥有这么多这么美的爱。

"嗨，亲爱的Moly，我也有一份礼物想要送给你，现在可

不可以让我带你去看看那份礼物？"Celina走过来微笑着说。

美源不好意思地放开子枫，看着Celina笑着说："谢谢。"Celina笑着拉着美源的手带她上楼，去到她的卧室里，屋子中央矗立着一个塑胶模特，模特身上是一件玉白色的长礼裙，非常漂亮，一位老裁缝微笑着等在那里。

"Moly，这是我家的传统，我的外婆的妈妈送给我的外婆，我的外婆又送给了我的母亲，我的母亲把它送给我，到现在已经有一百多年的历史。我们每一代人都会根据自己的身材和需要去修改它，但它所承载的爱和祝福从来都没有改变过。现在我要把它送给你，希望你的生命从现在开始永远都充满了爱和祝福，祝福你和Zahiro相伴到白头，你们也许会有争吵，但是没关系，争吵也是一个很好的互相了解的过程，只要你们彼此坚信对彼此的爱，你们就会一直和爱住在一起，幸福和快乐都只因为有爱存在。祝福你们，我的天使。"Celina很动情地说着，美源忍不住走过去给她一个大大的拥抱。

"好了，现在我们一起到楼下去，我要把你交还给我的儿子，我可不想让Zahiro埋怨我这个老人家一直霸占着他的爱人，让他在这么美的夜晚还一直独处。"Celina看着美源，和她开起了玩笑，随后拉着她的手带她下楼，楼下的客人们已经开始在跳舞狂欢，子枫也在人群中尽情舞蹈，这是美源第一次看到她这么投入这么快乐这么热情，心里感叹着这些人的奇妙，感谢上天让她在那个孤单的夜晚看到灯光引导她走

进Miasto遇到Mike和Joson，让她的生命从那里开始发生一个
又一个奇迹般的转变。

Celina把美源交给Zahiro，和Malakasha一起融入快乐舞蹈
的人群尽情舞动，两位年近八旬的老人，像年轻人一样绽放
着生命活力，美得让人眩目。美源忍不住在心里感叹，希望
自己到了Celina的年纪也能像她一样美丽依旧。

"你一定会像Celina一样永远充满活力永远美丽。"
Zahiro像是能够看穿美源的心事，附在她的耳边轻声说道，给
了她一个甜蜜的吻。

Zahiro牵着美源的手，带她一起穿过人群，走出客厅，走
到屋子后面的游泳池边，偌大的游泳池里空无一人，四周安
静得只有风吹树摇的沙沙声，偶尔有几声虫叫鸟鸣。

突然，所有的灯光一起熄灭，黑暗骤然笼罩了整个世
界，漆黑一片。美源被这突如其来的黑暗吓了一跳，刚要开
口问Zahiro是怎么回事，灯忽然又亮了，游泳池底的灯光投射
到水面上，映照出一朵淡蓝色的睡莲，徐徐绽放。

"...This is why I am always waiting for you, my
love..." 轻柔的音乐在夜空中如花绽放，是那首由Joson和
Anna自己创作完成的写给美源的歌。

Joson和Anna、Mike和Chomely、Kushi和明芳、Celina和
Malakasha，所有人都从客厅里走出来，站在游泳池的四周，随
着音乐一起和声轻唱、自由自在地舞动着身体，注视着美源。

感动如潮涌动在美源的心海。

Zahiro站在美源的面前，左手从背后伸出来，手上拿着一个精致而古老的小盒子，打开它，一枚祖母绿的宝石戒指静静等待在盒子里。

"这是我们家族的传统，属于每一任新的女主人。"Zahiro用心看着美源，美源的心一阵狂跳。Zahiro接着说："Moly，请你嫁给我，好吗？让我用我的爱照顾你一辈子。"

美源的眼睛一下子就湿润了，她看着眼前这个年轻帅气的大男人，情不自禁绽开带泪的微笑，用力点了点头，说："我愿意。"

掌声四起，欢呼声飞上夜空，喜悦的光芒照耀着这个美丽的世界。

Zahiro把戒指仔细地戴在美源的左手无名指上，音乐换成了欢快的舞曲，所有的客人们都在音乐里快乐舞蹈着。

"现在你知道了自己有多美。"不知道什么时候Anna悄悄走了过来，在美源身边轻轻地说。

美源看着她笑了，转过头看着游泳池里的灯光睡莲，说："我知道，我知道自己有多美，"美源转回头注视着Zahiro的眼睛，继续说，"我知道自己就像我的爱人所认为的一样美。"

**"只要有爱，一切美好都会成为现实。**祝福你们！"Svarup和Prematha这两位灵修上师站在不远处微笑着看着美源，美源在他们的笑容里读到他们的内心祝福。

## 温馨提示

**1. 日历：2月28日**

**2. 生命数字：2、3、8**

**3. 生命数字密码**

**2** 寓意着"双"，代表了女性能量和柔软的力量，它的提醒意义是，如果能够顺应、接纳、协调各种力量，就能更好发挥出合作的巨大能量。想要做到这一点，需要学习打开心门，用平和的态度去面对并接纳世间一切，那才是一个完整的世界。

**3** 代表着表达、传递，是一种光之美。正向能量会带给人开心、愉悦、信任、创意、表达、新鲜等信息，能够帮助我们吸引到爱，获得很多人的关心和关注；它所代表的提醒是需要面对自己的情绪、解决情绪问题。

**8** 代表着财富、权力、力量、控制、整合组织，8的数字能量能够推动一个人追求成功，眼光长远，规划宏大，具有很好的创造力，能够从无心到有心。它的提醒意义是关注细节，警惕在小事、细节上出错，敢于真实面对自己的一切，心想事成。

**4. 爱心提示**

我们都知道要爱自己，但事实上却很难做到。我们习惯了对自己的挑剔和厌恶，习惯了在他人的评价态度里确认自己的存在价值，尽管我们的头脑已经知道这样做其实是在舍本求末。问题是，当我们没有足够爱自己的时候，爱情就会成为幻想，让美好的爱情成为现实的唯一可能，就是首先学会接纳自己，接纳自己的不完美，让自己首先变得完整，真爱就会自然到来。

深深的祝福。

# 尾声

## 每一个生命都是愿望的呈现

亲爱的文茜：

你好吗？一直记挂着你。如果我没有想错的话，此刻你应该正在梳洗打扮，准备出去参加应酬，期待能够遇到一个理想中的白马王子，拯救你脱离苦海，给你想要的所有的一切，包括财富、成功、幸福和快乐。

我猜你看到这里又要对我说：我这样想有错吗？！呵呵，亲爱的文茜，你这样想没有错，这不过是很多女孩子对于爱情、对于生活的一些美丽幻想，一年前的我也和你现在一样，苦苦等候着理想爱情自动出现，一心巴望着那个从来都没有出现过的完美王子突然出现从此过上幸福生活，而现实却总是让我们一次又一次地失望。

看到这儿，你大概又会说：我努力啦，我也想要快乐一点，我也想靠自己拥有成功拥有幸福，我也为自己设定了目标，可我就是运气不好，总会遇到各种烂人，总会遇到各种麻烦，没你那么好命（亲爱的你还记得吗，在我和Zahiro结婚之前，你曾经无数次对我说过这样的话）遇到你的真命天子。

文茜，我最关心的朋友，我们彼此认识有十年了，彼此都有过怎样的经历，我们都很清楚。你常问我一句话：美源，我怎么做才能像你一样找到自己的真命天子？现在我很想问你：你可以找到你的真命天子，但你必须经历我所经历过的那些挫折磨难，你愿意吗？我猜你多半都会选择放弃，我猜得对吗？

很多时候，我们都会希望少付出、多收获，不劳而获是人的天性，勤奋努力是后天的教育结果，它可以让我们约束自己的行为，去做一些事，但敌不过天性里的懒惰，如果我们还有机会修得灵魂，心灵就必须选择磨难，心灵必须让我们在黑暗的经历中累积痛苦，用痛苦敦促我们的潜意识开始觉醒，知道自己如果再不行动就会永远在黑暗中沦陷，只有那时我们才会真正积极主动地去寻求改变，而改变也才有机会一点点发生。

我不知道你是否能够读懂这段话，但我想有一点你肯定能够明白，那就是你的意识创造了你的生活。

你常说自己是积极的、正向的、相信爱情、相信未来，你可以在今天对自己说过的话做一个记录，晚上临睡前做一个统计，看看有多少句是对自己的信任，有多少句是对自己的否定，我敢打赌，你说得最多的一定不是对自己的信任，而是对自己的否定，对爱情的否定，对未来的担心。

亲爱的文茜，**语言是潜意识的自然流露，行为是潜意识的外化体现，你的内心真正在想着什么，你所想的就一定会被你自己实现。**

所以，亲爱的文茜，如果你真的想要改变自己现在的生活状态，就去开始做练习吧，从最简单的"玩文字游戏"开始，对自己做一个持续性的清理和整理，就像我的几次大扫除一样，扔掉一些不必要的东西，整理剩余的部分，再增加一些新的必需品，生活就会大变样，而它给予你的远比你自己想要的还要丰厚许多。

**每一个生命都是愿望的呈现**。亲爱的文茜，是时候开始对自己的居住环境做一个大扫除，也开始对自己的内心世界做一个大扫除了，你会发现，生活中的美其实一直都在，只不过原来你一直对它们视而不见，美与丑都只在你的一念转换之间。

比利时的夏天非常美丽，如果你愿意，也有时间，我很乐意邀请你来参加我们的夏日聚会，就在5月底，我们要在海边搞一个聚会，主题是"发现自己内在的渴望"，如果你能来，我想那对你一定会是个难忘的经历。

深深的爱与祝福，全部给你！

　　　　　　　　　　　　　　　　　　　你的老朋友：美源
　　　　　　　　　　　　　　　　　　　3月3日